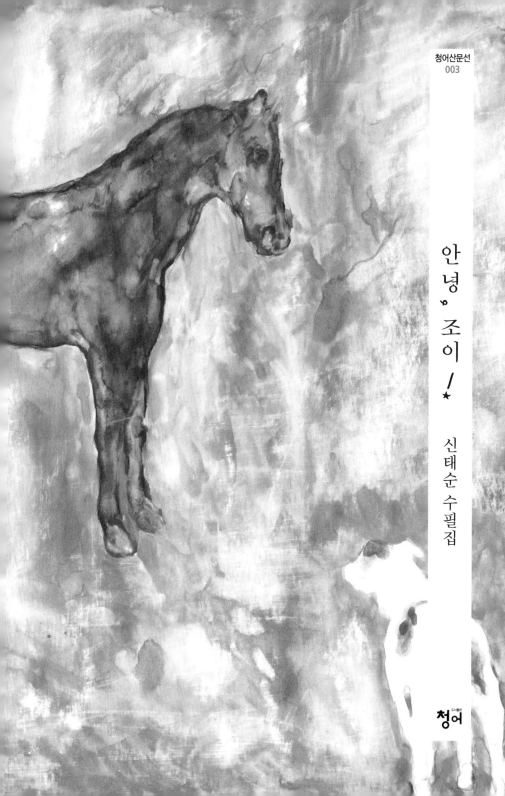

청어산문선
003

안녕, 조이!

신태순 수필집

청어

안녕, 조이!

신태순 수필집

작가의 말 ✶ ★ ⁂ ✿ ₒ ᵒᵒ ⁂ ★ ✦ ᵖᵒ ₆

올해로 수필가로 등단한 지 22년이 되었다. 세월이 흐르면서 삶과 문학과 사람과 자연을 돌아보면서 나에게 또 다른 의미로 다가왔다. 나의 문학과 인생이 좀 더 성숙해지길 꿈꾸었지만, 아직도 삶에 대한 깊은 사유와 철학적 깊이에 닿지 못해 많이 부족하다. 그럼에도 수필은 나에게 소중한 동반자로 언제나 함께 갈 것이다.

수필가로서의 첫걸음은 나를 설레게 했으며 더 멀리 나아가기를 꿈꾸었다. 수필 쓰기가 쉽지 않은 이유는 자신의 내면을 거짓 없이 드러내는 고백적 문학이기 때문이다. 그러나 나에게 수필이 없었다면 내 삶은 더 삭막하지 않았을까. 진솔한 글이 되기 위해서는 내게 주어진 삶을 사랑하고 사람과의 관계, 또는 자연과 사물을 진지하게 바라보아야 하리.

네 번째 수필집을 묶는다. 원고 정리하면서 발표했던 글들을 읽어보니 여전히 미흡하다. 그럼에도 글마다 나의 마음이 깃든 애틋한 사랑 같아서 또 용기를 내었다. 가슴 뭉클한 감동을 주지는 못해도 한 줄의 글이 팍팍한 현대를 살고 있는 독자들에게 작은 위안이 되었으면 한다.

부족한 글을 기꺼이 서평을 써 주신 이성모 교수님께 진심으로 감사드린다. 묵묵히 응원해주는 가족과 20여 년간 한결같은 마음으로 힘이 되어주는 문우들께도 고마운 마음이다. 이 책이 발간되기까지 수고해주신 청어출판사 편집자분께도 고마움을 전한다.

2024년 팔월에
신태순

차례

작가의 말   4

1   비파

바람의 길   14

첫걸음마   18

거울   22

그리움을 위한, 미셸 들라크루아의 파리   26

목어   30

둔한 붓이 총명을 이기다   34

모시 적삼   37

비파   41

어느 날의 기별   45

푸른 새벽   49

2 자화상

우체통   52

병풍   56

안녕, 조이!   60

자화상   63

눈물   67

영화, 거부할 수 없는 매혹   71

고디찜, 고향의 맛   74

양치기 소녀   77

기억에 대하여   81

오리나무꽃   85

3 돌

영혼이 깃든 집, 방우산장   90

꾀꼬리 우는 소리 기다리는 마음   94

절망에 빠진 자아,   98

인간 김해경   98

돌   102

기차, 사랑과 명작   106

첫사랑   110

삼거리 고모   113

올리버 트위스트   117

비   121

춘추벚꽃   125

4 지심도

노르망디의 풍경 속으로   130

무진정 낙화놀이   133

지심도只心島   136

남해 남자와 생미역   139

카페와 서점   142

나무   146

못생긴 아귀   150

친구   154

타인의 고통   157

봄날의 일기   161

해 설

감성 수필의 너그러움이 빛나는 세계

_이성모(문학평론가·창원시김달진문학관장)   166

안녕, 조이

1
비파

사람들은 눈 속에 저 홀로 피는 매화를 다른 수많은 꽃보다
더 좋아하겠지만, 나는 늦가을부터 초겨울까지 꽃을 피우는
비파꽃이 좋다. 추운 겨울을 이겨내라고 털목도리를 두른
듯 보송한 껍질을 싸고 작고 하얀 꽃이 수수하다. 그러나 그
향기는 멀리 간다. 그러니 입춘 무렵 피는 매화보다 겨울에
피는 비파꽃을 더 좋아한다. 초겨울 들녘으로 산책할 때
비파꽃 향기에 취하여 더 자주 꽃을 보러 간다. 그렇게
꽃을 피운 후 껍질 속에 웅크린 채 칼바람 겨울을 이겨낸다.
산자락에 봄꽃이 만개하여도 비파는 속으로 열매를 키우느라
모른 체 한다. 황금빛 화려한 색채와 달콤한 결실을 위해
그렇게 겨울과 봄을 있는 듯 없는 듯 서 있다가 비로소 유월이
오면 세상에 환하게 그 존재를 드러낸다. 빛나는 자랑이
천지에 아득하다. ―「비파」에서

바람의 길

대단한 바람이었다. 거세게 파도를 몰고 오는 변산반도 바닷가에 서서 이전에 느껴보지 못한 충격을 느꼈다. 사람을 떠밀듯 높은 파도를 몰고 오는 폭풍 앞에서 나는 한갓 무력한 존재일 뿐이었다. 바람의 세기를 가늠할 수 없을 정도로 온몸을 흔들었다. 얼음 섞인 눈보라와 함께 얼굴을 아프게 후려치는 강풍 앞에 서 있었다. 바람에 눈물 흘리며 눈바람을 온몸으로 받았다.

전날부터 겨울비 세차게 쏟아지는 남원과 전주, 군산을 지나 부안으로 오면서 눈바람으로 변했다. 차창 밖으로 눈송이들이 사방으로 날리는 풍경을 무연히 바라보았다. 일기예보에 강풍과 눈이 예상된다고 했지만 계획대로 떠난 여행이었다. 일행들이 고함을 지르며 바삐 사진을 찍고 떠나버리는 이 거대한 자연 앞에서 한 손으로는 모자를, 또 한 손으로는 안경을 꼭 붙잡고 바람과 눈보라 속에 잠시 서 있었다. 눈도 뜨지 못할 정도로 거센 바람 앞에 서보지 않으면 절박함을 모른다. 자연의 힘 앞에 나약한 인간의 모습이다.

바람이란 보이지 않으나 보인다는 역설처럼 수시로 우리 곁을 찾아온다. 낮과 밤을 가리지 않고 부드러운 미풍으로 얼굴을 간질이기도 하고 나뭇잎 흔들며 소곤소곤 속삭이듯 찾아온다. 솔솔 불어오는 실바람이 있는가 하면 매섭게 부는 칼바람이 있으며 초가을 선들선들 부는 건들바람도 있다. 언제나 평온할 수만은 없듯 거칠게 사물을 뒤흔들어 놓기도 하고 굵은 나무둥치를 쓰러뜨리는 태풍이 덮치기도 하지만 어느새 잠잠하게 성정을 잠재운다. 그런 바람도 시간이 지나면 언제 그랬냐는 듯 조용히 잦아들고 나면 하늘은 파랗게 맑아지고 하얀 구름들이 평화롭게 지나간다. 거센 바람과 먹구름 저 위에는 솜털같이 포근한 구름과 파란 하늘과 빛나는 태양이 있다.

첫봄의 바람은 먼바다에서 꽃샘바람을 싣고 산을 넘고 들을 지나 상큼하게 찾아온다. 들녘에도 거리에도 꽃향기 날리는 봄꽃들의 축제가 시작된다. 봄바람이 꽃잎을 실어 가고 한여름의 녹음도 바람이 지나간다. 늦가을 나뭇잎 지는 풍경도 바람이 쓸어간다. 햇빛 쏟아지는 바다에 물결이 흐르는 대로 물무늬를 만드는 것도 바람이다. 은박지를 구겨놓은 듯 반짝이는 물결은 한낮의 은빛 이미지로 출렁인다. 비에도 바람이 실려 있다. 사선으로 떨어지는 바닥에 무수히 물 동그라미를 그리며 바람의 흔적을 남긴다.

어느 날 텔레비전에서 사막의 풍경을 본 적 있다. 거대한 모래언덕에 바람이 지나간 자리가 주름잡혀있다. 거센 모래폭풍이 불어와 언덕 하나를 지우고 새로 그린 주름들이 파도가 물결치듯 결을 따라 움직인다. 이쪽의 언덕이 사라지고 저쪽에 다른 사막언덕이 새로 생겼다. 사람들은 그 언덕에 발자국을 남기지만 또 다른 바람이 새로운 사막언덕을 만들어 간다. 바람은 이 광막한 우주 그 길 닿지 않는 데가 없다. 바람이 그린 무늬, 금세 사라지는 덧없는 흔적일지라도 자연은 그 모든 것을 다 품어 안는다. 흔적 없이 사라지는 것이 바람의 속성이라지만 그 시작과 끝은 어디일까. 민들레 꽃씨 하나 솜털 달고 멀리멀리 가뭇없이 날아오르다 어딘가 살포시 내려앉는 곳이 끝이라면 바람은 생명을 실어 왔다.

작가 파스칼 메르시어의 소설 『리스본행 야간열차』 중에 바람의 말이 있다. "우리 인생은 바람이 만들었다가 다음 바람이 쓸어갈 덧없는 모래알, 완전히 만들어지기도 전에 사라지는 헛된 형상이다." 그렇다. 우리 삶이란 한 줄기 바람인 것을. 죽을 만큼 힘든 삶을 겪었던 사람도 나중에는 그건 한때의 바람이었다고 회상한다. 쓰리고 아프던 가슴에 조용한 미풍이 스며드는 것이다.

긴긴 인생을 살면서 저마다 남기는 생의 무늬가 수없이 많다. 부드러운 바람과 격정의 바람이 있는가 하면 삶을 송두리째 흔들어 놓는 바람도 있다. 일생 평온할 수만은 없을 것이다. 누구든 삶의 역경에 부딪혔을 때 바람을 생각하리라. 아픔을 잠재우는 것도, 분노를 삭이는 것도 한바탕 바람이 지나간 뒤에야 잠잠해진다. 명지바람, 건들바람, 돌개바람, 칼바람이 만드는 삶의 결을 만들고 지워가는 것이 우리 인생이다.

사람들은 일생 희로애락을 겪으며 바람처럼 흔들리며 산다. 기쁨과 슬픔이 있으며 소중한 사람과의 이별 앞에 눈물 흘리며 덧없이 사라질 허무를 경험한다. 바람이 지나가듯 흔들리지 않는 삶이 어디 있으랴. 사랑에 흔들리고, 고통에 흔들리고, 슬픔에 흔들린다. 아프게 상처받았다가도 치유하며 사는 것이 인생이다. 더러는 마음에 지워지지 않는 상처로 일생 괴로워한다. 죽을 만큼 괴롭다가도 싸늘한 새벽바람이 지나듯 가슴을 가라앉힌다. 저마다의 삶이 만드는 무늬도 제각각 다르듯이, 흐르는 물무늬처럼 또는 사막의 모래무늬처럼 지우고 또 그리며 사는 나날이 참으로 아름다운 생의 무늬가 되지 않을까.

첫걸음마

    우리말 중에 '첫'이란 관형사가 들어가면 그 느낌이 달라지는 말이 많이 있다. 첫차, 첫새벽, 첫사랑, 첫눈, 첫걸음마 등 수없이 많다. 왠지 더 신선하면서 신비감을 안겨준다. '첫'은 시작이면서도 무한한 가능성이 있다. 그만큼 처음이 주는 의미가 중요하기 때문이다. 우리말 단어 하나하나 대단하지 않은 것이 없지만 이 '첫'만큼은 어느 단어에 붙여도 그 이야기들이 무수히 쏟아져 나올 것만 같다.

    이렇게 아름다운 우리말 중에 첫걸음마처럼 사랑스런 말이 또 있을까. 이 세상에 축복으로 태어난 아기가 이제 막 무얼 잡고 일어서서 맨 처음 손을 놓고 저 혼자 걸음마를 떼어놓을 때, 그걸 바라보는 부모의 마음이 얼마나 벅찬 감동인지 나는 안다. 넘어질 듯 뒤뚱거리며 한 걸음 한 걸음 내딛는 아기의 첫걸음은 세상을 향해 나아가는 첫출발이다. 순진무구한 어린 아기의 작은 발걸음은 엄마가 두 팔 벌려 맞아주는 행복한 순간이다. 성년이 된 남녀가 혼인하여 첫아기의 걸음마를 바라보는 기쁨은 비길 데 없이 빛나는 시절이 아닐까. 첫걸음마를 시작하는 세상의 모든 아기는 더없이 사랑스럽고 소중하다.

　　그런 첫걸음마의 순간을 부모 된 심정으로 화폭에 담아 예술로 승화시킨 화가가 바로 장 프랑수아 밀레이다. 농민들의 일상을 사실적으로 그린 밀레의 많은 작품을 보면서, 빈센트 반 고흐가 습작 시절 크게 감명을 받아 스승으로 삼을 정도로 모작을 많이 했다. 그가 그렸던 <첫걸음마> 역시 밀레의 그림을 그대로 모방하였다. 소박한 초가집 담장에는 하얀 빨래가 햇빛을 받아 빛나고 있으며 담장 옆 나무에도 하얀 꽃이 가득 피어있다. 비스듬히 열린 나무 대문에서 이제 막 엄마와 아기가 나와서 첫걸음마를 떼어 놓는다. 밭에서 일을 하다가 그런 자식을 바라보는 아버지는 일하던 농기구를 던지고 두 팔 벌려 아기를 안으려 한다. 나는 이 그림을 보면서 마음이 흐뭇하였다. 두 화가의 마음이 더없이 따뜻하고 인간적으로 생각되었기 때문이다.

　　오래된 사진첩에는 딸아이의 첫돌 사진이 있다. 색동저고리 빨간 치마를 입고 첫걸음마를 떼며 걸어오는 모습이 담겨있다. 아이는 환하게 웃으며 뒤뚱거리며 한 발 한 발 내딛는 모습이 너무 사랑스러워 찍은 사진이었다. 첫돌을 며칠 앞두고 무언가를 잡고 옆으로 조금씩 걷더니 돌날 아침에 비로소 두 손 벌려 혼자서 첫걸음을 걸었다. 그 첫걸음을 시작으로 아이는 세상 속으로 거침없이 나아갔다. 유치원으로, 학교로, 대학으로 그리고는 사회의 첫 직장으로 힘차게 나아갔다. 그러나 딸아이도 삶의 전환점에서 또 다른 선택의 기로에서 마음의 흔들림을 겪었을 것이다. 직장과 육아에 힘들어하기도 했고 자기가 선택했던 길에 대하여 후회 없이 다시 시작하는 용기도 있었다. 훗날에야 '삶이란 늘 그렇다'고 스스로 깨달을 것이다.

우리 삶에도 수없이 많은 첫걸음이 있다. 그런 첫 시작이 누구에게나 다 찾아오기 마련이다. 처음 초등학교 입학을 하고, 중학교, 고등학교, 대학교로 끊임없는 꿈과 도전이 기다리고 있다. 첫출발의 기대 속에 어떤 목표를 향하여 나아갈 때 언제나 또 다른 시작이 기다리고 있기 때문이다. 군대에 가기 위한 첫걸음, 혼자가 아닌 둘이서 새 인생을 시작하는 결혼에 대한 기대, 사회에 나와 희망과 설렘으로 시작한 모든 일 역시 우리 삶의 전환점이 된다. 그러나 삶의 첫출발은 순수하고 진지하지만 후회와 좌절도 있기 마련이다. 미래를 알 수 없는 선택은 늘 그렇기 때문이다. 그럼에도 불구하고 도전은 계속된다. 가다가 엎어지면 다시 일어서서 가야 하기 때문이다. 그럴 때마다 새로운 출구를 찾으며 또 다른 길을 가기도 한다. 자신에게 주어진 길이 마냥 평탄하지만은 않듯 고난을 이겨내고 묵묵히 걷다 보면 처음의 첫걸음이 헛되지 않을 것이다.

내게도 살면서 시작의 첫걸음이 무수히 지나갔다. 가보지 않은 길에 대한 호기심과 기대로 도전도 해보고 포기도 했다. 많은 시작과 과정들이 덧없이 지나갔다. 그것들은 어쩌면 내게 주어진 삶에 대한 최선의 노력이 아니었을까. 무엇을 추구하기 위하여 애썼던 일들이 부질없다 하더라도 미래에 대한 희망이 있었기 때문일 것이다. 나중에 생각하니 빛나는 결과는 미미하지만 내가 이끌어 왔던 의지가 더 소중하였다. 문학에의 첫걸음 역시 나를 설레게 했으며 더 멀리 나아가기를 꿈꾸었다. 비록 첫걸음마는 어린 아기처럼 뒤뚱거리며 넘어지기도 했지만 다시 일어서서 계속 걸었다.

사람들은 시작이 있으면 끝이 있어야 한다고 한다. 그것은 아마도 시작의 첫걸음마를 잊지 말라는 뜻일 것이다. 어떤 일이든 첫 마음을 잊지 않고 앞으로 꾸준히 나갈 때 그 과정에서 노력의 결과가 기다리고 있다. 인내심으로 뚜벅뚜벅 걸어가는 뚝심이야말로 포기하지 않는 근성이 보일 것이다. 저마다의 삶에 무수히 많은 발자국을 남기며 걸어가는 긴 여정에 목표를 향해 쉬지 않고 나아가는 용기와 의지가 중요한 것이 아닐까.

거울

거울은 한 인간의 전 생애를 보여주는 자화상이다. 기쁠 때나 슬플 때나 수없이 보아왔던 거울 속에는 생의 이력이 담겨있다. 슬픔을 못 이겨 수심에 가득 찬 얼굴 또는 삶에 대한 지향과 번민으로 복잡한 내면이 드러나는 얼굴이 있는가 하면 행복했던 모습도 한때의 자화상이다.

어린 시절의 맑고 빛나는 눈동자는 그지없이 순수하지만, 오랜 세월이 흐르는 동안 매일 마주한 거울 속에서 어느새 늙어버린 인생의 덧없음을 실감하게 된다. 치열했던 지난 생애를 돌아보며 씁쓸한 미소도 마주한다. 인생의 많은 일들을 다 겪은 후 더욱 성숙하고 사려 깊은 인품이 묻어나는 얼굴도 있다.

거울이 갖는 이미지의 가치는 높다. 거울이 생기기 전에는 잔잔한 호수에 비친 자기 모습을 보고 신비로운 감정에 놀랐을 것이다. 그러다 물결이 일렁임에 따라 같이 흔들리는 얼굴도 보았을 것이다. 후에 움직이지 않는 돌이나 은, 청동으로 거울을 만들어 썼다고 한다. 그것들은 아무리 잘 갈고 닦아도 희미한 얼굴만 보여주었다. 16~17세기에 와서 이탈리아, 독일에서 유리거울이 만들어졌다. 그 유리거울이 등장했을 때 얼마나 획기적이고 매력적이었을까. 아름다움을 가꾸는 여성들은 매일 자기 얼굴을 들여다보며 새로운 문물에 감탄하였을 것이다. 당시는 가격이 비싸 하층민은 쉽게 구입하지 못했다고 한다.

거울은 화가들에게 귀중한 물건이었다. 캔버스를 앞에 두고 거울을 들여다보며 자신의 초상화를 화폭에 담을 때 큰 가치를 부여하였다. 프리다 칼로의 육신의 고통과 마주한 강렬한 눈빛이 있는가 하면, 빈센트 반 고흐의 고뇌에 찬 거칠고 황폐한 얼굴도 있다. 또 청춘의 앳된 모습부터 노년에 이르기까지 자화상을 많이 남긴 렘브란트도 있다. 이런 자화상들은 복잡한 자아의 감정을 거울을 통해 드러내며 날카로운 통찰력을 보여주기도 했다. 분노와 우울, 삶에 대한 회의와 고독 등 깊은 내면의 감정을 그림으로 그려내고자 하였다. 렘브란트는 자기 얼굴을 통하여 심리적 내면을 파헤치려 하였다.

프랑스 작가 미셸 투르니에의 산문 중 거울에 대한 에피소드가 있다. 19세기 초 프랑스의 가난한 한 농부는 당시에는 가격이 비싼 거울을 한 번도 본 적이 없었다. 어느 여행자를 재워주고 난 다음 날, 그가 두고 간 가방 속에서 손거울을 발견하고 신기하여 거울을 들여다보고 깜짝 놀란다. 이미 십 년 전에 죽은 그의 아버지의 얼굴이 그를 빤히 쳐다보기에 큰 충격을 받고 황급히 나가버린다. 그의 아내가 놀라 방으로 들어가 거울을 발견하고 들여다보고는 싸늘한 절망감에 휩싸인다. "내 그렇지 싶었어, 이이가 바람을 피우고 있군. 게다가 늙고 추한 계집하고!"

네다섯 살쯤의 유년 시절이었다. 방금 엄마가 방안에 거울을 세워둔 채 나간 뒤에 어린 내가 그 거울 앞에 앉았었다. 가만히 보니 어떤 아이가 나를 빤히 쳐다보는 게 아닌가. 놀라서 자꾸만 거울 뒤 한번 보고 다시 앞을 보았던 기억이 지금도 가끔 생각난다. 분명히 웬 아이가 앉아있는데 뒤를 보면 없으니 얼마나 신기했을까. 그 신비한 경험은 최초로 의문과 마주한 세계가 되었다.

나에게는 선물 받은 손거울이 몇 개 있다. 20여 년 전 어떤 문학행사에서 문단의 선배와 헤어질 때 쓰고 있던 손거울을 선물로 주셨다. 나무로 만든 타원형 뚜껑에 자개로 장식한 아오자이를 입은 아가씨 그림의 베트남 산 손거울이었다. 오랫동안 소중히 써왔을 손거울을 이제 막 문단에 발을 디딘 나에게 주신 것이다. 열심히 하라는 격려로 가진 것 중에 뭘 줄까 생각하다가 핸드백 속에 있던 거울을 주셨다. 지금은 연세가 여든이 훨씬 넘었을 그 선배를 생각하면 손때 묻은 이 손거울이 더없이 소중하다.

또 유럽 여행 중에 사 온 손거울을 내게 선물로 준 문우도 있으며, 문학기행 중에 기념품 가게에서 예쁜 손거울을 선뜻 사준 문우도 있다. 거울을 선물 받는다는 것은 다른 어떤 물건보다 특별한 의미가 있다. 별 뜻 없이 그냥 준 선물일지라도 거울 속에 비친 자기 얼굴을 보며 삶에 대해 성찰하라는 뜻인지도 모른다. 그런 거울을 볼 때마다 과거와 현재를 돌아보는 이런저런 상념이 교차한다.

오늘도 무심히 거울을 본다. 앞머리에 흰머리가 희끗하게 올라오는 걸 보며 머리카락을 쓸어 올린다. 푸석해진 얼굴을 들여다보니 너는 그동안 얼마나 잘 살아왔느냐고 묻는 것 같다. 시시때때로 변하는 굴곡 많은 삶을 가치 있게 성실히 최선을 다하였는지 묻고 있는 것 같다. 그러면 나는 고개를 저으며 그냥 빙그레 웃는다.

그리움을 위한,
미셸 들라크루아의 파리

경칩 지난 초봄의 바람은 쌀쌀하면서도 상큼한 꽃바람이 실려 있다. 오랜만에 서울행 기차를 타고 가면서 바라본 야산에는 매화가 하얗게 출렁이고 있었다. 첫봄이 오는 풍경 속에 가슴이 달뜨는 건 특별한 나들이 때문이었다. 프랑스 노르망디 지역에서 작품 활동을 하며 올해 90세를 맞은 미셸 들라크루아의 미술 전시회에 가기 위한 길이다.

미셸 들라크루아는 어린 시절 파리에 살면서 꿈처럼 흘러간 아름다운 파리의 풍경을 잊지 못한다. 전시관 첫 번째 정거장의 '어둠이 깔리는 파리'를 시작으로 공간마다 가슴 저미는 감동을 주었다. 1940년대 소년의 눈에 보이는 파리는 현재의 파리와는 너무나 다르다. 그림 속에는 예술의 도시답게 곳곳마다 유명한 장소들이 등장한다. 에펠탑을 배경으로 센 강의 강가에는 어김없이 연인들이 다정하게 길을 걸어가고 있다. 개선문과 샹젤리제 거리, 노트르담 대성당과 고즈넉한 시테섬, 사람들이 오가는 예술의 다리와 퐁네프다리도 정겨운 풍경이다. 붉게 빛나는 물랭루주가 있는가 하면 거리를 지나가는 마차와 고풍스러운 자동차에는 사람들이 바깥을 바라보고 있다. 많은 그림 속에 다양한 인물과 1930~1940년대 파리 사람들의 소소한 일상들이 담긴 풍경이 따스하게 보는 이를 사로잡는다.

그림 속의 파리와 오늘날의 파리는 분명히 다르지만 어딘지 익숙한 듯 우리에게 다가온다. 네 번째 정거장은 '눈 내린 파리'를 배경으로 한다. 강아지 '퀸'을 데리고 거리를 구경하는 미셸의 눈에 파리의 거리는 온통 눈 속에 묻히고 있었다. 요즘은 기후변화로 파리에 눈이 많이 오지 않는다고 했지만, 그 시절은 눈이 자주 내렸다고 미셸은 전한다. 하늘에는 아득히 눈송이가 축복처럼 내리고 우산을 쓰고 바쁘게 걸어가는 행인들 옆에서 아이들은 눈싸움을 하고 있다. 삼각사다리를 타고 올라가 대형 크리스마스트리를 장식하는 사람, 검푸르게 어두워지는 거리에서 가스등을 점등하는 사람도 있다. 크리스마스트리용 나무를 수레에 가득 싣고 와서 팔고 있는 상인이 있는가 하면 한쪽에는 꽃수레에서 꽃을 팔고 있는 소녀도 있다.

노랗게 가로등 불빛이 빛나는 돌길에는 마차가 또각또각 지나가고 있다. 호텔 창문으로 밖을 내다보는 사람, 건물 지붕에는 굴뚝마다 하얀 연기가 하늘로 오르고 있다. 눈 내리는 밤에 우산 속에서 키스하는 연인 옆에 강아지가 바라보고 있어서 아마 저 연인은 성인이 된 미셸이 아닐까 생각했다. 많은 사람의 다양한 모습에서 따스한 감동을 주고 있다. 마치 그림 속에서 그런 사람들이 등장하는 연극의 한 장면처럼 설렘을 준다. 미셸에게는 그 옛날 파리는 시공을 넘어 잊지 못할 추억을 안겨주었을 것이다.

눈 내리는 저녁 풍경을 보고 있자니 내게도 문득 그리움이 사무쳤다. 어린 시절, 고향의 마을에도 눈이 자주 내렸다. 아침에 일어나 밤새 문풍지 떨던 창호지문을 열고 나왔을 때 저 홀로 하얗게 설야를 지새운 마당 안의 눈 쌓인 풍경이 펼쳐진다. 고욤나무 빈 가지에도, 장독에도, 메마른 꽃밭에도 함박눈은 소리 없이 소복소복 내려 쌓여있었다. 마루 밑에서 자던 강아지가 뛰쳐나와 뛰어다니고 동생들과 눈사람을 만들어 마당가에 세우고 좋아하던 행복한 시절이 내게도 그림처럼 펼쳐지기 때문이다. 또 동네 아이들과 눈싸움을 하며 놀던 그 겨울의 풍경이다. 그런 추억들은 파도처럼 밀려왔다가도 어느새 저만치 멀어져가는 것이 유년 시절의 그리움이다.

미셸의 행복했던 지난날들이 가버린 지금, 다시는 돌아올 수 없는 소년 시절의 그리움을 위하여 수많은 작품으로 기록하였다. 언어가 담지 못하는 것을 그림으로 표현한 것이다. 지울 수 없는 마음의 울림은 덧없이 가버린 과거 속에 가슴 저미는 사랑이 녹아 있다. 어디 미셸만 그러한가. 저마다의 가슴에는 잊을 수 없는 아름다운 추억들이 남아있을 것이다.

전시의 마지막쯤 화면에 모습을 드러낸 노년의 미셸 들라크루아는 "살아 있는 한 계속 그림을 그리겠다."고 한다. 일생을 오직 화가의 길을 걸어온 진정한 예술인이다. 탄생 90주년을 맞아 오랫동안 그림을 그려왔던 파리에 대한 사랑을 우리나라에서 볼 수 있음이 너무 감사한 일이다. 마음을 울리는 따스한 풍경들이 사람들의 메마른 정서에 사랑을 전해주는 메시지가 있다. 영원한 소년 미셸 들라크루아의 작품들은 세계 어디를 가든 많은 사랑을 받으리라 믿는다. 1940년 당시 프랑스와 독일의 전쟁 중이었으나, 화가는 어린 시절의 아름다운 추억들이 깊이 각인되어 있기에 진정한 파리의 벨 에포크Belle Epoque*였을 것이다.

---

* 프랑스어로 '아름다운·좋은 시절'이라는 뜻. 주로 19세기 말부터 제1차 세계대전 발발(1914년)까지 프랑스가 사회, 경제, 기술, 정치적 발전으로 번성했던 시대를 일컫는 데에 회고적으로 사용되는 표현이다.

목어

거실 장식장 위에 큼직한 목어 한 마리 있다. 무슨 나무로 조각하였는지는 모르겠으나 나뭇결 따라 길쭉하게 다듬은 물고기는 연어이다. 연어 특유의 색도 입히지 않은 연한 고동색 그 자체로 물고기 형상을 하고 있다. 입을 약간 벌리고 있는데 날카로운 이빨과 두 눈을 부릅뜬 형상이 예사롭지 않다. 날렵하게 꼬리지느러미를 후려치며 금방 바다로 헤엄쳐갈 듯 나를 노려보고 있다. 목어를 조각한 솜씨가 보통이 아니다.

이 목어는 수년 전 일본 북해도 여행 중에 사 온 물고기이다. 일행들 아무도 눈여겨보지 않는데 나는 다른 것보다 이 물고기를 유심히 보게 되었다. 일본어가 신통찮으니 무슨 물고기냐고 묻지도 않고 그냥 샀다. 나중에 북해도 특산물인 연어임을 알게 되었다. 일본인들은 물고기 형상을 좋아해서 연을 비롯하여 각종 공예품에 물고기 모양이 많이 등장한다.

북태평양에서 살던 연어는 매년 11월 무렵 러시아 아무르강으로 가기 위해 북해도 한류성 해안으로 찾아온다. 수년간 바다에서 살다가 산란을 위하여 고향의 강을 찾아오던 중 잡히는 신세가 된다. 흰 눈이 흩날리는 북해도 겨울 바다 길목에서 어부에 의해 많이 잡히는 연어는 식도락가들이 즐겨 먹는 생선이다. 찬 겨울 바다에 사람이 쳐놓은 그물 속에 수많은 연어 떼가 아우성치듯 퍼덕인다. 그중 운 좋은 연어는 아무르강으로 힘찬 여정을 떠난다.

우리나라의 연어도 고향의 냄새를 잊지 않고 강원도 냇가를 힘들게 찾아온다. 하천에 둑이 만들어지고 강물이 줄어들어도 연어 떼들은 포기하지 않고 상류로 오른다. 살이 찢긴 채 지친 모습으로 돌아와 강바닥 돌 틈새에 무수히 많은 알을 낳는다. 뒤따르던 수컷이 정액을 쏟아 성스러운 생명의 잉태를 의식처럼 치른다. 암수가 죽을 힘으로 버틴 후에야 비로소 한 생을 다한다. 바다에서 살다가 자기가 태어난 고향 강을 찾아와 그 어미가 그랬듯 되풀이한다. 눈물겹도록 처절한 생명에 대한 모성 본능이다.

우리나라의 목어는 사찰에 가면 스님들이 수행할 때 치는 목탁이 바로 물고기 형태이다. 목어를 휴대하거나 사용하기 쉽게 축소하여 나무로 잉어처럼 만들었는데 목탁 구멍은 물고기의 눈이며 손잡이는 꼬리지느러미이다. 물고기처럼 잠들지 않고 꾸준히 불법에 정진하라는 뜻이다. 잠을 쫓고 정신이 혼미한 수행자를 위하여 수없이 두드리는 목탁에 불교의 정신이 있다. 절 처마 밑 풍경의 추 또한 쇠로 만든 물고기이다. 주야로 눈을 부릅뜨고 바람에 흔들리며 댕그랑댕그랑 맑은 종소리를 내고 있다. 스님 또는 절을 찾는 중생들을 위해 끊임없이 종소리를 내니 산사에 들어서면 마음부터 경건해진다.

목어란 어떤 의미와 가치가 있는 것일까. 옛 선인들은 인간의 삶을 자연에 비유하였다. 꽃과 나비와 새와 물고기를 사랑하였다. 산에 사는 짐승들뿐만 아니라 나무들도 특성에 따라 그 나무처럼 살라 했다. 아름다운 자연에 가치를 두고 글과 그림으로 많이 남기기도 했다. 물고기는 알을 많이 낳으니 자손과 재물이 번창하길 바라는 소망으로 그렸을 것이다.

자연을 거스르면 생태계의 위험이 따른다는 것을 오늘날에야 크게 깨닫고 있다. 기후 위기로 전 세계에 심각한 경고를 보내고 있기 때문이다. 벌들이 잉잉대며 산과 들을 날아다니고 맑은 강에는 송사리, 은어, 메기가 힘차게 물결을 헤치며 살아야 하지만 오염된 폐수로 물고기들도 수난을 당하고 있다. 생태계의 위험이 곳곳에 도사리고 있다. 자연은 바로 생명이다. 모두가 아름다운 산천을 소중하게 여기고 잘 보호해야 하지만 어느 날 갑자기 이 지구상에 온갖 재앙이 오는 것이다. 목어 한 마리를 보면서 자연과 인간의 삶을 생각한다.

우리 집에도 물고기 형상이 몇 개 있다. 베란다 빨래걸이 쇠파이프에 매달린 풍경이 그렇고 반닫이 가구의 묵직한 쇠자물통도 물고기 형태이다. 옛 조상들은 가구의 괘, 반닫이, 뒤주 등 물고기 형상 자물통이 재물을 지켜준다고 믿었다. 주야로 눈을 뜨고 있기에 귀중품을 잘 감시한다고 믿었을 것이다. 이렇게 우리 생활에도 곳곳에 옛 전통이 자리하고 있다.

문득 산사에 가서 스님이 치는 목탁 소리에 귀를 기울이고 싶다. 동그란 목어는 수없이 등허리를 맞으며 불교의 진리를 위해 소리친다. 처마 밑에서 혼자 흔들리는 풍경소리도 듣고 싶다. 눈을 부릅뜬 물고기가 시나브로 산바람이 지나갈 때마다 댕그랑댕그랑 맑고 경쾌하게 적막을 깨우는 풍경소리를 들려주며 우울한 마음을 달래줄 것만 같다. 초여름 꽃들이 다투어 피는 산자락 자드락길가에는 인동꽃 향기가 자욱하게 바람에 실려 오리.

둔한 붓이 총명을 이기다

영감靈感을 얻는 순간이 있다. 늦은 밤 잠자리에 들었을 때 꿈인지 생시인지 마음에 와닿는 문장이 생각날 때가 있다. 내일 아침에 이 글을 쓰리라 마음 먹지만 아침이면 간밤의 그 글들은 자취도 없이 사라지고 만다. 어떤 날은 원고 청탁을 받아놓고 며칠을 꿍꿍 댈 때도 있다. 그런 날 혼자 호젓한 산 숲을 산책할 때 그 주제에 맞는 글들이 줄줄이 내 앞에 나타나는 순간 나중에 쓰리라 마음 먹고 집에 오면 그 또한 가물거릴 때도 있다. 그럴 때 아쉽고 허망한 심정을 경험한다.

둔필승총鈍筆勝聰, 둔한 붓이 총명을 이기는 진리를 알면서도 메모하기는 늘 게으르다. 문학에 뜻을 두고 살자면 우선으로 실천해야 할 것이 메모하기다. 그런 줄 뻔히 알면서도 순간순간 실행에 옮기지 못한다. 우리 삶이란 마음 먹은 대로 다 이루어지지 않는 것과도 같이 망각 속에 후회하곤 한다. 쉬 흩어지는 상념처럼 감성마저 메마르기 전에 얼른 펜을 들어 기록하는 것만이 최상의 힘이다. 어찌 잊어야 할 것인가. 어수룩한 기억만 믿다가 다 놓친 후 후회할 것인가.

언젠가 여행 중에 느꼈던 순간의 감정들을 놓친 것을 지금도 아쉬워한다. 각별히 중요한 장소와 그 공간에 얽힌 역사와 작가의 삶을 발견하였을 때 문학적 감성을 놓칠 때가 많다. 또는 어떤 고장의 풍광은 보는 사람의 영혼을 흔들어 놓는다. 아름다운 풍경 뒤에 숨겨진 다른 무언가를 찾는 일이란 그곳에 서 있지 않으면 느낄 수 없다. 찬란한 햇빛 쏟아지는 여름 오후에 언덕의 자잘한 야생화들이 반겨줄 때 꽃의 향기보다 그 속에 서 있는 순간이 참으로 행복하였기 때문이다.

풍경의 멋진 묘사보다 그 지역에서 예술을 위하여 살다 간 작가의 삶이 생생히 마음에 와닿는 이유는 공간과 시간을 초월하여 그들이 글을 썼던 책상과 펜과 잉크병, 혹은 붓과 벼루, 소중히 아꼈던 물건들, 그가 입었던 옷을 보았을 때의 감정이 가슴에 벅차오르기 때문이다. 소설의 배경이든 현실의 세계에 파묻히든 여행을 끝내고 가면 꼭 써야지 다짐하면서도, 돌아오면 그때의 감동은 어느새 저만치 멀어지기 때문이다. 물론 인터넷 정보나 책으로도 얼마든지 수많은 지식이 넘쳐나지만, 너무 정직하게 솔직하게 그 사람의 일생이 다 들어 있는 것보다는 그 작가가 살던 집, 그가 묻힌 묘지를 바라보며 한 생애 덧없이 가버린 예술가의 삶을 상상해 보는 일이 마음에 사무치는 것이다.

알베르 카뮈는 어딜 가든 그의 주머니에는 항상 글 쓸 준비가 되어 있었다. 비행기보다 기차나 배를 이용할 때가 많았기 때문에

긴 시간을 이용하여 늘 수첩을 꺼내 여행기를 쓰거나 메모를 했다. 그의 깊은 사유들은 나중에 산문집이 되고 소설이 되었다. 그가 교통사고로 죽던 날도 자기 집이 있던 남프랑스 루르마랭에서 파리로 가는 기차표를 예매했다가 파리의 출판사 편집자의 제의로 그의 자동차에 탔다가 사고를 당했다. 그는 즉사하였다. 저만치 나가떨어진 그의 가방에는 집필 중인 소설 노트와 수첩이 발견되었다. 그의 옷 주머니에는 타지 못한 기차표가 들어 있었다.

예전에 나의 친정어머니는 가끔 이야기보따리를 풍성하게 풀어 놓으셨다. 집안 어른이나 형제자매들의 이야기, 이웃의 특별한 삶이라든가 어린 시절 당신의 애틋한 이야기들을 들었을 땐 그저 옛날에는 그렇게 살았구나 하면서 듣고 넘기기 일쑤였다. 슬프고 안타까운 이야기들은 한 권의 소설로도 부족함이 없었다. 어머니의 이런저런 이야기에 좀 더 귀 기울이고 노트에 기록만 해놓았더라면 여러 편의 수필이 되었을지도 모른다. 그만큼 기록의 힘이 대단하다는 걸 이즈음에야 절실히 느끼고 있다.

그러나 그것도 생각만 할 뿐 정작 메모하기는 여전히 게으르다. 잠자리에 들었을 때도, 여행할 때도 이 고질병은 고쳐지지 않는다. 예전의 총기는 어디로 날아가 버렸는지 지인의 자녀 결혼식 날짜를 까맣게 잊고 그냥 넘기고서야 황당해했던 적도 있다. 이제는 어떤 행사 일정을 기록해놓지 않으면 또 실수할까 봐 탁상용 달력에다 수시로 적어놓는다. 나의 어설픈 총기를 익히 아는바 내가 사랑하는 문학을 위하여 이제부터라도 메모하는 습관을 길러 보리라.

모시 적삼

어떤 문학 행사에서 문우가 입고 온 모시 한복이 눈부시게 아름다웠다. 연분홍 치마저고리를 까슬까슬하게 정성 들여 손질한 모시옷은 주름 하나 없이 날아갈 듯 여인의 자태가 빛났다. 모두 환하게 웃으며 너무 예쁘다며 한마디씩 했다. 여름 한철 모시옷만큼 시원한 옷이 또 있을까. 씨줄과 날줄의 모시 올 속으로 바람이 살갗을 스치면 어디에 비할 수 없을 만큼 시원하다. 어떻게 풀에서 저렇게 자연친화적인 섬유로 탄생했을까. 옛 조상들의 지혜에 감동하고 있다.

모시풀은 '저마'라고도 하며 줄기는 모시 올을 뽑고 잎은 모시떡을 해 먹는다. 그 뿌리도 약재로 쓰인다 하니 버릴 게 하나도 없다. 그런 모시풀로 옛 여인들의 모시 한 필 짜기는 예삿일이 아니다. 다년생 풀이라 3년에서 5년쯤 자라면 줄기를 베어서 물에 몇 시간 담가두었다가 속껍질을 손톱이나 입으로 쨌다. 그걸 무릎에다 모시 올을 비비면서 침을 발라가며 서로 붙이고 이어주는 작업이 모시를 삼는다고 한다. 모시 올을 삼고 이은 부분이 잘 붙고 실이 끊어지지 않도록 콩가루로 쑨 메기풀을 발라주는 모시매기 과정까지 거쳐야 베틀에 앉아 모시를 짤 수 있다.

물레를 돌려 실을 잣고 베틀에 앉아 베를 짜서 밤새워 손바느질로 가족들의 의복을 지었다. 모시풀에서 모시를, 삼에서 삼베를, 목화에서는 무명을 얻어 옷과 이불, 생활에 쓰이는 밧줄이나 그물 등 다양하게 만들어 썼다 하니 그런 풀이야말로 자연이 주는 최고의 선물이 아닌가. 그 시절 옛 여인들의 곤고한 삶을 어머니에게서 많이 들었지만 귓등으로 흘려들었었다. 낮에는 농사일과 집안일에 온몸이 피곤하여도 저녁에는 희미한 등잔불 앞에서 베를 짜거나 바느질로 밤을 새웠으니 모두가 힘들게 살았던 시대인 만큼 여인들을 더 강하게 만들었다.

나의 친정어머니도 산골에 사셨으니 이웃 소녀들과 다르지 않게 베 짜고 바느질을 배우며 자랐다고 하셨다. 어머니의 솜씨가 좋았던지 나의 어린 시절은 어머니의 손바느질로 만든 옷을 자주 입었다. 아마 초등학교 저학년 동안 무릎을 덮는 짧은 치마와 저고리를 입고 학교에 다녔던 것 같다. 가끔 불에 달구어진 인두로 눌러 가며 정성 들여 짓던 아버지의 겨울 두루마기는 물론 온갖 바느질을 늘 곁에서 보고 자랐지만 내겐 그런 솜씨가 전혀 없다.

후에 두 아이 키우며 직장생활 할 때 친정어머니가 우리 집에 잠시 와계신 적이 있다. 여섯 살, 아홉 살 두 아이를 봐주시며 집안 살림을 도와주시니 한결 마음이 든든하였다. 고목의 감나무가 마당가에 우뚝 서 있는 한옥에 살 때였다. 어느 날 어머니는 여름 한철 늘 입으시던 모시 적삼을 뜯어내시더니 아들의 적삼을 새로 만들었다. 소매의 낡은 부분은 잘라내고 저고리 앞섶과 등판을 바느질 후 짧은 소매를 이어붙이니 예쁜 저고리가 되었다. 양쪽 주머니는 천이 모자라 생모시 자투리로 양쪽에 기운 것을 보니 어머니의 솜씨는 여전히 뛰어났다.

아들에게 입혔더니 아주 딱 맞아서 그 여름 내내 모시 적삼을 입고 골목을 누비며 놀았다. 개구쟁이 아들은 그 모시 적삼이 어떤지 아무것도 모른 채 입었을 것이다. 주머니에는 구슬이나 딱지를 넣고 의기양양 동네 아이들과 뛰어놀았다. 쉬 더러워지면 손빨래하여 풀로 조물조물 주물러서 마당의 빨랫줄에 널어 햇볕에 말렸다. 가슬가슬해지면 다리미로 다려서 입혀주곤 하던 어머니의 정성이 베인 적삼이었다. 그때는 그냥 참 예쁘다고 했지만 어머니의 손자 사랑으로 지은 모시 적삼이 아닌가. 작아서 앙증맞고 귀여운 그 모시 적삼을 어디에서 다시 볼 수 있을까.

어머니 돌아가시고 장롱을 정리할 때 보자기에 잘 싸인 누런 생모시 한 필이 나왔다. 직접 모시를 짠 게 아니라 시장에서 구입해서 보관해 오신 것 같았다. 필시 당신의 수의로 준비해 두신 것이리라. 그러나 요즘은 삼베나 모시로 따로 짓는 것보다 장례식장에 준비된 옷으로 고인에게 입혀드리기 때문에 필요를 느끼지 못했다. 그 모시를 아직도 옷장 선반에 보관하고 있지만 여름 모시이불로 만들면 좋을 것 같다. 요즘같이 35도를 웃도는 폭염에 까슬까슬하게 풀 먹인 모시이불을 덮고 자면 잠이 한결 잘 들 것 같다.

요즘은 한산세모시를 으뜸으로 친다. 여름 모시옷으로 인기가 많다. 나도 연분홍 치마에 하얀 저고리 모시 한복을 입고 싶다. 한복 입을 일이 자주 없는 요즘이지만 특별한 날 날아갈 듯 우아하게 차려입고 나들이하고 싶다. 그러나 선뜻 장만하지 못한다. 모시옷 손질하는 것이 보통이 아니기 때문이다. 칠, 팔월의 한여름에 올마다 바람이 서늘하게 와 닿는 모시옷을 언제 입어볼까 생각만 한다.

비파

　봄인가 했더니 어느새 초여름이다. 쏟아지는 따가운 햇볕에 수목들은 한량없이 푸르러서 물결처럼 출렁인다. 어느 집 담장 가에는 벌써 장미가 시들어 가고 비파가 황금빛으로 익어간다. 꽃숭어리처럼 오종종 많이도 열렸다. 가고 오는 계절을 숙명처럼 머물다 가는 꽃과 열매에서 자연의 진리를 배우고 있다.

　선배 시인은 마당에 노랗게 익은 비파를 따 먹자며 몇 사람을 초대하였다. 그러면서 맛있는 아귀찜을 배달시켜 점심을 먹고 차나 한잔하자며 휴대폰으로 문자를 보내왔다. 얼마나 오랜만에 들어보는 낭만적인 초대인가. 가끔은 이렇게 꽃이 피었다며, 비파가 익었다며 초대해주는 이가 있어 분망한 일상 중에도 뜻하지 않은 기쁨을 맛보고 있다.

　요즘은 대부분 아파트 생활을 하다 보니 집 마당에 계절마다 꽃이 피고 열매가 익는 것을 잘 볼 수 없다. 그러니 가까운 지인을 불러 큰 나무 아래 놓인 평상에 둘러앉아 꽃을 감상하는 사람도 드물어졌다. 모두가 바쁘게 사는 탓도 있지만 예전보다 많이 삭막해졌다. 그래도 이렇게 초대해주니 아이처럼 마음이 달뜬다. 그는 바다가 훤히 내려다보이는 산비탈 언덕에 나지막한 슬레이트 지붕 집에서 밭에는 각종 채소를 키우며 노년의 하루를 자연과 더불어 사시는 분이다.

월북 작가 김용준은 X선생의 초대로 매화를 완상玩賞한 감회를 수필로 썼다. 입춘 무렵 황혼에 십 리나 되는 비탈길을 얼음 빙판에 코방아를 찧어가며 찾아갔다. 댁에 매화가 구름같이 피었더라며 그 앞에서 있는 듯 없는 듯 풍기는 암향에 취했노라고 했다. 그것도 달과 함께 매화를 감상하려 했다니 얼마나 감성적인가. 친구에게 X선생 댁에 매화를 보러 가지 않겠냐고 했더니 그 친구는 "자네도 참 한가로운 사람일세"라며 조소하였다니 꽃을 보는 마음도 사람마다 다르다는 것을 알 수 있다.

과연 선배 시인 댁은 초여름 햇살에 대문께부터 무더기로 분홍빛 낮 달맞이꽃이 환하게 반겨주었다. 마당에는 황금색으로 익어가는 비파가 가지마다 제 무게를 이기지 못해 아래로 늘어졌다. 햇빛 속에 나뭇잎 그림자가 검은 반점으로 흔들리고 있다. 바람에 머리카락 흩날리는 정자에 앉아 잘 익은 비파를 먹으니 마음에 얼룩진 상념들이 일시에 다 사라진 듯하다. 문우들과 나누는 대화는 자연히 문학으로 한나절을 보냈다. 그래서 누군가는 사는 게 뭐 별거냐 이렇게 마음을 나눌 수 있는 벗과 자연을 즐기며 한때를 보내는 것도 행복이 아니겠느냐 한다.

이 지역에는 아직도 적산가옥들이 더러 있다. 그런 다 낡은 일본식 목재 가옥을 그대로 보전하여 식당을 하는 집이 있다. 그 집 마당에는 오래된 키 큰 비파나무가 있는데 유월에 그 집에 들어서면 온통 노랗게 익어가는 비파가 장관이다. 식사를 마치고 나면 주인이 잘 익은 비파를 한 그릇 수북이 갖다준다. 일행은 좋아하며 달콤한 비파를 먹는다. 해마다 비파가 익는 유월에 가는 것을 잊어버리곤 해서 수년째 가지 못했다.

　　사람들은 눈 속에 저 홀로 피는 매화를 다른 수많은 꽃보다 더 좋아하겠지만, 나는 늦가을부터 초겨울까지 꽃을 피우는 비파꽃이 좋다. 추운 겨울을 이겨내라고 털목도리를 두른 듯 보송한 껍질을 싸고 작고 하얀 꽃이 수수하다. 그러나 그 향기는 멀리 간다. 그러니 입춘 무렵 피는 매화보다 겨울에 피는 비파꽃을 더 좋아한다. 초겨울 들녘으로 산책할 때 비파꽃 향기에 취하여 더 자주 꽃을 보러 간다. 그렇게 꽃을 피운 후 껍질 속에 웅크린 채 칼바람 겨울을 이겨낸다. 산자락에 봄꽃이 만개하여도 비파는 속으로 열매를 키우느라 모른 체 한다. 황금빛 화려한 색채와 달콤한 결실을 위해 그렇게 겨울과 봄을 있는 듯 없는 듯 서 있다가 비로소 유월이 오면 세상에 환하게 그 존재를 드러낸다. 빛나는 자랑이 천지에 아득하다.

　　그날 살구처럼 노랗게 익은 비파를 나만 많이 먹었다. 평소 과일을 좋아하는 데다 유난히 초여름 과일을 더 좋아한다. 새까맣게 익은 오디도 좋아하고 살구도 좋아하고 비파는 더 좋아한다. 맛있는 비파를 따 먹으려고 예전의 주택 마당에 비파나무가 커가는 걸 보고 흐뭇해했지만 그만 그곳을 떠났다. 약용으로도 쓰이는 비파나무는 버릴 게 하나도 없다고 한다.

　　오늘 우리를 초대해준 선배 시인께 참으로 고마워하고 있다. 때로는 이렇게 짭조름하게 실려 오는 바닷바람에 달콤새콤한 비파를 먹으며 담소를 즐길 수 있으니 얼마나 멋진 하루인가. 소소한 이런 일들이 잠시 마음에 기쁨과 여유를 준다.

어느 날의 기별

　　어느 날 문득 깊은 밤중이나 혹은 이른 새벽에 전화벨 소리를 듣게 된다. 그럴 때는 너무도 놀라 황망히 전화를 받곤 한다. 양가 일가친척이나 시댁의 형제자매 또는 친정 동기의 부고 소식이 들리면 가슴이 철렁 내려앉는다. 늘 그렇듯이 무소식이 희소식이라고 가끔 안부를 전할 뿐, 잘 지내시리라 생각만 하다가 갑작스럽게 이 세상을 하직하였다는 기별을 받을 때면 늘 그렇다. 잠시 멍하게 생전의 고인과의 지난날을 뒤돌아보게 된다.

　　현대는 누구나 바쁘게 사는 시대다. 먼 곳, 가까운 곳에 살고 있는 친지들의 안부도 무심하게 지나다 보면 어느새 칠순, 팔순을 넘긴 노년의 삶을 살고 있다. 건강하던 몸도 조금씩 허물어지기 마련이니 생로병사가 자연스럽게 찾아오는 것이다. 어느 날 새벽에도 그렇게 예상하지 못했던 기별이 왔다.

　　시아주버님 병환 뒷바라지로 고생하시던 동서의 별세 소식이었다. 최근에 아주버님을 요양원에 모신 후로 혼자 살면서 무척 괴로워하셨다고 한다. 남편을 끝까지 보살피지 못한 죄의식이 컸던 모양이다. 동서 자신도 지병을 앓고 있었지만, 자신보다 남편을 위하여 지극정성으로 돌봐 오신 것을 잘 알기 때문이다. 그렇게 갑작스럽게 가실 줄은 몰랐다. 생시처럼 내게 전화로 이런저런 이야기들을 나눌 것 같았다. 아들과 서둘러 인천으로 출발했다.

동서는 두 시간 만에 유골로 남겨졌다. 장녀인 조카가 내게 와서 물었다.

"작은엄마, 엄마의 뼛조각 하나 내가 가져도 괜찮아요?"

나는 잠시 머뭇거렸다.

"경상도에서는 고인의 뼛조각을 따로 가져가는 일은 드문 일인데, 여기는 잘 모르겠구나."

나중에 조카가 제 엄마의 뼈 한 조각을 소중히 간직했는지는 물어보지 않았다. 눈물이 앞서는 장례식 내내 마음에 슬픔이 차올랐다. 무엇보다 삼 남매가 알아서 제 어머니 장례를 무사히 치르는 것이 대견했다. 그렇게 한 생명은 이별의 말도 없이 멀리멀리 떠났다. 남은 자식들의 슬픔은 한동안 어머니를 더 그리워할 것이다. 무뚝뚝하고 잔정이 없는 경상도 남편을 만나 일생을 알뜰하게 살림하고 자식 키우며 남편 뒷바라지에 애쓰더니 노년에는 손주까지 돌보느라 자신의 삶을 고스란히 바쳤다. 요양원에 계시는 아주버님께는 동서의 별세 소식을 알리지 않았다고 한다.

그녀의 영정사진은 젊고 아름답다. 아마 40~50대쯤에 찍은 사진 같다. 모나리자의 미소처럼 살짝 미소 띤 얼굴로 옆에다 시선을 준 커다란 눈은 왠지 슬픔이 서려 있다. 그녀의 시선은 어디로 향하는 것일까. 무엇을 바라보고 무엇을 생각하는 것일까. 인생의 절정기를 보냈을 원숙한 아름다움이 배어있다. 젊고 아름다운 날들을 지나 황혼의 언덕에서 육신의 고통을 다 내려놓고 이제 떠나려 하시는가. 마지막 떠나는 길에 저토록 기쁜 듯 슬픈 듯 알 수 없는 미소로 그녀를 찾는 모든 사람에게 오히려 위로를 주고 있다. 죽음이란 늘 가까이 있으며 삶의 일부이니 너무 슬퍼하지 말라고 하는 것 같다. 문득 전화선 너머로 들려오던 정겨운 서울 말씨를 생각했다. 우리의 인연은 동서로 만나 평생 가족과 시댁과 친정의 모든 일을 겪으며 애쓰는 동병상련의 관계가 아니던가.

장례를 마치고 다시 일상으로 돌아오기 위해 시동생과 조카들이 부산으로, 창원으로 기차에 몸을 실었다. 한겨울 오후의 햇살 속에 바람은 여전히 차다. 야산에 흰 눈 더미가 하얗게 쌓인 걸 보며 동서의 영혼은 지금 어느 하늘로 떠나고 있을까 생각했다. 이 차가운 땅속에 육신을 묻는 게 아니라 한 줌의 재와 뼈로 남을 때까지 뜨겁게 가닿을 저 먼 곳을 향해 떠나는 것이라고 믿었다. 죽음이란 누구나 비껴갈 수 없지만 저마다의 삶에서 어떻게 살았으며 무엇으로 존재의 가치를 남기고 떠났는지 생각하게 된다.

1월 초의 혹한 속에 어느 날의 기별로 그녀를 떠나보냈다. 각기 다른 성향의 네 여자가 이 집안의 며느리로 들어와 서로 아끼고 배려했던 각별한 정은 가끔 기억 속에서 회상될 것이다. 먼 곳

으로 떠나버린 위아래 동서들, 며느리는 나 혼자 남았으니 마음
이 더 아팠다. 겨울이 깊어가는 차창 밖의 쓸쓸한 풍경을 바라보
며 부디 극락왕생하시기를 빌었다. 어느 하늘 어느 별로 찾아오
시면 남겨진 가족들 눈물로 바라보시리라.

푸른 새벽

가슴을 흔드는 어떤 새벽꿈 때문에 더 이상 누워있지 못하고 자리에서 일어났다. 가끔 새벽에 꾸는 꿈은 생시처럼 생생하다. 스웨터를 걸치고 창가에 섰다. 희붐하게 새벽이 밝아오려면 아직도 한참이나 있어야 한다. 북창을 열고 캄캄하게 어둠에 잠긴 적막한 바깥세상을 바라본다.

북쪽과 동쪽의 산은 거대한 검은 실루엣으로 경계를 드러내고 있다. 밤새 빛나던 거리의 가로등과 신호등 불빛과 상가 건물의 화려한 불빛만이 밤을 보내고 있다. 조금씩 어둠이 걷히는 시간이 오면 검고 깊은 푸른색으로 박명의 신비를 내게 안겨준다. 오묘한 신비의 색채에 빠져들게 하는 것은 언제나 새벽이 머잖은 짧은 시간이다. 하늘에는 밤새 떨던 음력 섣달 열사흘 달이 아파트 꼭대기에 걸려있다. 긴 밤을 외롭게 온 누리를 비추던 달과 드문드문 빛나던 별들은 서서히 모습을 감추리라. 차츰차츰 깊은 어둠 속에서 가뭇없이 온 세상이 검푸르게 변하고 있다.

박명의 새벽하늘 검푸른색은 저 무량한 우주 어디에서 오는 걸까. 세상의 모든 푸른색을 위하여 저토록 깊이 고인 암청색 천지는 고요하다. 아득히 펼쳐진 화선지에 검은색과 파란색 물감이 번지는 중이다. 어둠을 밀어내듯 열사흘 달이 희미해지면 산마루에 황금빛 빛살로 내릴 광채가 있다. 짧게 머물다 사라질 심연의 색이다. 나는 이렇게 대기를 가득 채우는 깊고 진한 푸른색을 좋아한다.

하루가 시작되는 첫새벽은 또 하나의 역사가 시작되는 날이다. 지구촌 곳곳에는 저마다의 사연과 사건으로 하루를 열어간다. 오늘은 또 어떤 일들이 매스컴에 소개될지 궁금하다. 첫새벽의 신선한 공기를 가슴 깊이 들이마시며 무엇이 우리를 진실로 참되게 살게 하는지 생각한다.

거리의 앙상한 가로수는 나목으로 밤을 보낸다. 밤새 웅크려 자다가 바람 소리에 놀라 눈뜨게 될 산새들도 이제 새벽을 맞이하리라. 겨울의 한가운데를 지나는 산짐승들은 무얼 먹고 사나. 춥고 배고픈 한 계절을 이겨내기 위해 먹이를 찾아 일찍 숲을 헤매리라. 그러나 겨울이 길다 해도 가지마다 물오르는 봄이 기다리고 있다. 사람도 짐승도 칼바람 속에 봄꿈을 꾼다.

창을 열고 찬바람을 온몸으로 받았기 때문인지 정신이 맑아졌다. 어느새 달아나버린 새벽꿈의 여운을 기억해 보지만 뒤죽박죽으로 얽혀버렸다. 꿈은 늘 이렇다. 1월의 한겨울이 또 하루를 열고 있다.

2

나에게는 무명의 화가가 그려준 데생의 초상화 한 점이
있다. 연필로 빠르게 스케치하여 묘사가 정교하지는 않지만,
그것을 볼 때마다 지난날의 나를 보게 된다. 어딘가에 시선을
둔 특별한 특징이 없는 평범한 얼굴이지만 벌써 10여 년
전의 얼굴이기에 지금보다는 젊은 모습이다. 그때의 나의
감정이나 표정 변화 같은 것은 찾아볼 수 없다. 아무리 봐도
그저 무덤덤한 얼굴, 무표정한 얼굴이다. 당시의 나에게
어떤 일이 있었는지 마음은 어떤 상태였는지 그저 짐작으로
생각할 뿐이다. 세월의 연륜 따라 못생긴 얼굴이지만
지난날의 그 모습을 사랑한다. 자잘한 무늬로 손금에
새겨진 운명대로 산다고들 하지만 나는 내 얼굴에 새겨진
나만의 모습으로 나의 삶을 사랑하리라. 나에게 그림 실력이
있다면 렘브란트처럼 내면의 진지한 모습을 그려보고 싶다.
ㅡ「자화상」에서

우체통

동네에서 가까운 대로변 건널목 옆에 빨간 우체통이 있다. 늘 그 자리에 서서 누군가 다가와 편지를 넣어주길 바라지만 사람들은 무심히 길을 건너간다. 누구 한 사람 편지를 넣고 가는 걸 본 적이 없다. 그럼에도 매일 우편집배원은 편지를 수거하기 위해 다녀가는 것일까.

어느 날 건널목에서 신호가 바뀌기를 기다리다가 우체통 앞에 붙여놓은 글씨를 보았다. 오전 9시 30분에 우편물을 수거하며 우푯값도 올랐으니 유의하라는 것이었다. 아직도 편지를 넣는 사람이 있는 모양이다. 순간 반가우면서도 하루에 몇 통이나 편지를 넣을까 싶다.

밤이 늦도록 진지하게 편지를 써본 것이 언제였던가. 아주 먼 이야기처럼 기억이 아득하다. 유학으로 취업으로 다른 도시로 떠난 친구에게, 펜팔로 사귄 월남 파병 장병에게, 이웃집 아줌마의 편지 대필까지… 편지는 사흘이 멀다고 우체통 속으로 들어갔다. 그리 심각한 이야기도 아닌 것을 밤이 깊도록 편지를 쓰는 것이 내게 무슨 큰 의미가 있었던 것일까. 그즈음에는 무엇이나 쓰지 않으면 안 될 것처럼 빠져 있었다. 아마 서로에게 가닿을 마음을 주고받는다는 것에 큰 기쁨을 느꼈을 것이다. 그저 마음 가는 대로 편하게 쓰는 것에 매력을 느끼지 않았을까.

이제 막 사랑을 시작한 청춘은 순정한 편지를 쓰며 사랑에 눈뜨고 사랑을 이어가기도 한다. 어디 연인들의 사연만 받아주는가. 멀리 군대에 가 있는 자식에게 편지를 쓰고, 부모는 자식에게서 답장이 오기를 애타게 기다린다. 한때 서로 사랑하다가 헤어지자는 이별의 편지도 있다. 저마다의 소식을 담은 그 모든 사연을 묵묵히 받아주며 기쁨과 슬픔과 아픔도 침묵으로 바라본다.

우체통은 수많은 언어의 보물 상자이다. 반갑고 그립고 정다운 사연이 있는 비밀의 문이다. 쉽게 만날 수 없는 공간의 제약 때문에, 만나서는 할 수 없는 마음의 말을 전하기 위해 편지를 쓴다. 육성보다 더 진실하고 빛나는 언어는 상대방의 마음을 흔든다. 꽃이 피고 지고 눈보라 휘몰아쳐도 언제나 의연히 서 있는 사랑의 우체통이다.

우체통은 언제나 기다림의 자세로 서 있다. 쓸쓸하고 외로워 보이지만 슬프지 않다. 필시 누군가 다가와서 눈을 찡긋하며 미소를 보내며 다정하게 편지를 넣어줄 것을 믿는다. 사모하는 사람을 위하여 사랑의 밀어를 가득 담아오길 기다릴지도 모른다. 거리에 싸늘한 바람 휘몰아치고 차들은 저마다의 목적지로 달려가지만, 묵묵히 지켜보며 기다린다. 어쩌면 성탄카드를, 연하장을, 그 많은 사연을 차곡차곡 포개 안았다가 떠나보낸 지난날들을 그리워하는 것 같다.

빨간 우체통은 차들이 질주하는 대로변은 어울리지 않는다. 한가한 동네 길가 은행나무 혹은 벚나무 아래 서 있어야 어울릴 것 같다. 봄에는 바람에 꽃눈으로 쏟아지는 하얀 풍경 속의 빨간 우체통, 혹은 늦가을 노란 은행잎이 소복이 내려앉은 은행나무 아래 우체통은 한 폭의 그림이다. 길 가다가 문득 돌아보면 황금색의 화려함과 빨간 우체통은 누구나 그 속으로 편지를 넣고 싶게 한다. 가을비 내리는 어느 날 비에 젖는 나뭇잎과 우체통은 그 모든 사연과 우울과 슬픔도 깊은 심연 속으로 빠지게 한다.

오늘도 무심히 길을 건너며 우체통을 바라본다. 소음 속에 적막과 안락함이 있다. 그냥 지나치면 그뿐 아무 의미 없이 보일지라도 언제나 내게 설렘을 주었던 우체통이다. 하루가 다르게 발전하는 정보통신의 시대이건만 저 우체통만은 느긋하게 사람들의 손길을 기다린다. 최첨단 스마트폰으로 주고받는 초스피드 시대에 누가 밤새 편지를 쓰고 우표를 붙여서 우체통에 넣을 것인가. 긴 글 보다는 짧은 문자로, 언제 어디서나 바로 상대방의 얼굴을 보며 육성으로 나누는 대화가 얼마나 매력적인 일인가. 고뇌의 흔적을 담아 느리게 긴긴 편지를 쓰는 일은 점차 멀어질 수밖에 없다. 그런 낭만의 시간들은 다시 오지 않을 것이다. 모든 게 더 빠르고 편리한 시대에 생각하는 느림의 미학이다. 가끔 아날로그 시대가 그리워질 때가 있다.

그리운 친구에게 편지를 쓰고 싶다. 결혼 후 미국 이민으로 소식이 끊겼지만 그녀에게 긴긴 편지를 써서 우체통에 넣었으면 좋겠다. 수신인 이름만 적힌 주소 없는 편지라도 필시 우체통은 다 이해

한다는 듯이 고개를 끄덕이며 요술나라의 마법사처럼 친구에게 전해줄 것만 같다. 지구촌 어디에 살든 켜켜이 쌓인 그리움의 사연을 보낸다면 어느 날 문득 반가운 답장이 날아오지 않을까.

병풍

　아파트 폐기물 수거장에 오래된 병풍이 선선한 초가을 바람을 맞고 서 있다. 무심코 지나치다가 문득 저 병풍은 어떤 산수화인지 혹은 어느 서예가의 멋진 글씨인지 궁금하여 살며시 펼쳐 보았다. 순간 오래 묵은 어떤 냄새와 함께 화려한 색깔이 내 앞에 펼쳐졌다. 그것은 정성 들여 수놓은 6폭 '화조도花鳥圖'였다. 화려하게 꽃 피운 꽃잎 위로 나비가 날고, 나뭇가지에는 까치가 지저귀고 있다. 폭마다 가문의 부귀영화와 자손 번창과 장수를 빌듯 상징적인 그림들로 채워졌다. 색깔도 그리 퇴색되지 않아 멋진 작품이다.

　이것을 내놓은 부부는 이제는 이런 것들이 더 이상 필요 없다고 여겼나 보다. 그들의 어머니 혹은 할머니께서 손수 한 땀 한 땀 정성 들여 수놓아 만든 작품일지도 모르지만 이렇게 아름답고 귀한 병풍을 아무렇지 않게 내다 버린 것이 안타까웠다. 어머니들은 딸의 혼수품으로 색색의 고운 실로 꽃을 피우고 나비를 수놓았을 것이다. 꽃 중에도 모란은 부귀영화를, 나비는 부부간의 사랑을 상징하니 이제 새출발을 하는 자녀의 화목과 장수를 바랐을 것이다. 사라져가는 것들에서 이 병풍도 한몫하는가 싶어 마음이 씁쓸하다.

　우리 집에도 오래된 병풍이 있다. 앞면은 8폭 전체가 고목의 매화나무 둥치가 비스듬히 뻗어있고 옆에는 어린 홍매화 나무 한 그루 서 있다. 거칠고 성긴 가지에 백매화가 드문드문 핀 옆에는 홍매화의 붉은 색이 매혹적이다. 뒤틀린 늙은 나무를 일필휘지로 그린 솜씨가 예사롭지 않다. 노란 꽃술이 소보록한 홍매와 백매가 초봄의 들에서 방금 핀 듯 섬세한 암향이 하늘로 오를 듯하다. 갈색의 참새 두 마리는 짹짹거리며 날아오를 듯 눈에 생기가 있다. 볼수록 여백의 미가 어울리는 그림에서 품위를 느낄 수 있다. 오랜 숙련이 쌓이지 않으면 결코 이런 그림이 될 수 없음을 안다. 작가의 치열한 예술 정신을 보면서 세월 따라 적당히 사는 나 자신을 돌아보게 한다. 뒷면은 8폭 전체가 한시로 쓰여 있다.

　이 병풍은 오래전 1980년대에 구입한 것이다. 지인이 운영하는 다방에서 어느 서예가의 작품들을 전시하고 있었다. 작은 액자부터 큰 병풍까지 다방 안은 온통 묵향과 커피 향이 어우러지고 있었다. 당시는 예술가들의 전시 공간이 부족하던 시절이라 다방에서 그림이나 서예 작품들이 전시되곤 했었다. 그즈음 남편과 커피를 마시며 작품들을 감상하였다. 전시가 끝나자 우리 부부에게 이 병풍을 구입할 것을 권했다. 아마 소품들은 더러 팔렸지만 큰 액자와 병풍은 남아있었던 모양이다. 가격이 만만찮았지만 처음 가격보다 낮은 가격으로 판다기에 망설이다가 큰마음 먹고 구입하였다. 그때 작가 선생님을 만나지는 못했지만 그림을 볼 때마다 마음으로 그분을 생각했다.

　이후로 명절은 물론 시아버님 기일마다 글씨가 있는 병풍을 펼쳐놓고 제사를 모셨다. 주택에 살 때는 겨울에 외풍이 심해 거실 유리문 앞의 멋진 바람막이가 되어 주었다. 칼바람 매서운 한겨울에 매화가 활짝 핀 그림을 보면 마음이 따뜻했다. 바깥에 진눈깨비가 날리고 몹시 추운 날은 눈 속에 핀 설중매를 보듯 겨울 속에 봄이 먼저 와 있었다.

　버려진 병풍을 보면서 생각한다. 예전에는 마당가에 화조도 병풍을 둘러치고 전통혼례식을 하였다. 요즘도 가끔 그런 혼례를 치르기도 하지만 예식장에서 하얀 드레스 입고 30분 만에 끝내는 결혼식이 보편화되었다. 그런 병풍이 제사용과 바람막이 가리개로 쓰인다면 미래에는 분명 무의미한 물건이 될 수도 있겠다. 요즘 젊은 세대들이 전통 유교 사상에서 조금씩 멀어지고 있기 때문이다. 조상의 제사를 없애거나 부모님 제사도 일 년에 한 번으로 모시고 있는 가정이 많다고 한다. 그러니 병풍이 쓸모없고 집안에 공간만 차지한다며 내버렸다고 비난할 일도 아니다.

　예전에는 조상을 모시는 예禮는 자못 엄숙하기까지 하였다. 어린 시절 명절이 다가오면 놋그릇과 놋 제기를 마당에 내어놓고 식구들과 기왓장 가루를 짚에 묻혀 윤이 나게 닦아야 했다. 창호지 문도 마당에 내어놓고 깨끗이 씻은 후, 밀가루 풀로 창호지를 발라 가을 햇살에 탱탱하게 말리는 것도 명절 앞에 하는 의식 같은 것이었다. 그런 수고는 벌써 오래전에 사라졌지만 그래도 아직은 조상 모시는 일을 지극한 정성으로 치르는 사람도 많이 있다.

어른들이 사용하고 귀하게 여기던 것들이 버려지는 것이 이 병풍만은 아닐 것이다. 전복조개 무늬의 색깔이 아름다운 자개농도 그렇고 집안의 보물처럼 여기던 조상의 서예 작품들이 아무렇게나 버려지고 있다. 집안 곳곳에 있던 옛 물건들은 박물관에서나 볼 수 있을 것이다. 잊히고 사라져가는 것들에 대한 아쉬움이 크지만 시대 따라 변해가고 있다. 그것을 받아들일 수밖에 없는 21세기의 삶이다.

훗날 우리 집의 병풍도 나의 아들, 며느리가 저렇게 미련 없이 버릴지도 알 수 없다. 우리 부부가 소중히 여겼던 물건이지만 그것은 아들의 몫이니 어쩔 수 없는 일이다.

안녕, 조이!

가을 단풍이 산 아래까지 바스락바스락 내려와 있다. 지난봄 화려한 절정으로 꽃피던 진달래, 산벚나무, 아까시나무, 여러 잡목이 산자락마다 울긋불긋 물들었다. 바람이 불어올 때마다 시나브로 떨어져 날리는 나뭇잎들이 늦가을 정취 속에 그지없이 아름답다. 눈이 시리도록 파란 하늘을 올려다보며 이제 곧 떠나려는 가을을 전송하듯 지그시 감은 눈으로 풍경 속에 서 있다.

퍽 오랜만에 이 숲길을 찾았다. 이즈음 산책을 멀리했던 건 지난여름의 발목부상으로 나들이가 쉽지 않기 때문이다. 오랜만에 조심스럽게 나온 이유는 그동안 못 본 '조이'를 만나기 위해서였다. 깁스를 하고 집에 있으면서도 가끔 조이를 생각했었다. 그 무더운 여름에 시원한 물 한 바가지 갖다주는 사람도 없었을 것이다.

그런데 늘 있어야 할 조이가 보이지 않았다. 혹시 마방馬房 안에 있을까 기웃거리다가 "조이~" 이름을 불러도 기척이 없었다. 여름 동안 조이에게 무슨 일이 있었던 것일까. 누구 한 사람 말해주는 이 없었다. 조이는 다리 부상으로 경마장에서 쫓겨나 몇 년째 혼자 살던 준마였다. 몸은 적갈색으로 이마에 하얀 무늬가 선명한 잘생긴 말이었다. 의젓하고 기품 있게 걷는 걸음걸이와 갈색의 긴 속눈썹과 커다란 눈이 순해 보였다.

수년을 폐가 안마당을 서성이며 풀을 뜯어 먹거나 주인이 던져준 시든 야채를 씹으며 길 가는 행인을 바라보곤 했었다. 어느 날 내가 '조이'라고 이름을 지어주고 불러주니 가끔 낮은 울타리로 다가와 큰 눈을 껌벅이곤 했었다. 풀이나 채소를 들고 이름을 부르면 절뚝이며 다가오던 조이, 내게는 경계심을 풀고 가까이 와선 얼른 맛있는 풀을 달라고 조르듯이 킁킁거렸다. 그동안 살아도 산목숨 같지 않게 하루하루를 버티었건만, 내가 오지 않던 몇 달 사이에 어디론가 떠나버린 것이다.

아무도 살지 않는 낡은 기와집은 여전히 늦가을 적막 속에 고즈넉하다. 마루 기둥에 걸려있던 둥근 벽시계도 시간이 멈춘 채 그대로 있다. 조이가 이리저리 다니던 마당에는 어느새 풀이 우묵하게 자라 있다. 키 큰 모과나무에는 모과가 많이도 열렸다. 따사한 가을 햇살에 황금빛으로 익어 깃발처럼 바람에 흔들리고 있다. 이 땅에 골고루 비와 바람과 햇빛이 지나가듯 그 결실도 풍성하다. 고목의 감나무, 배나무, 살구나무는 빈 가지만 앙상하다. 탱자나무 울타리에는 노랗게 익은 탱자 향기가 자욱하다.

울타리 따라 전에 없던 빨간색 말뚝이 박혀있다. 들녘으로 올라오면서 길가에 안내판이 서 있는 걸 보고 곧 큰 도로가 생기는 걸 알았다. 머잖아 주변의 많은 나무도 다 베어질 운명이다. 수없이 이

길을 오갔지만 마방 주인은 한 번도 본 적이 없다. 그렇게 내팽개치 듯 방치하였으니 삐쩍 마른 조이를 생각하면 마음이 아팠다. 그 순한 눈빛은 이제 영영 볼 수 없다.

인간에게 있어 경주마는 단체나 개인의 이익을 위해서 물질처럼 이용하는 존재일 뿐이다. 사람과 동물의 인간적인 교감은 무시될 수도 있다. 나아가 인간도 인간을 함부로 대할 수 있다. 다치지 않고 잘 달릴 수 있다는 것으로는 성이 차지 않는다. 빠르게 더 빠르게 촌각을 다투듯 결승선을 먼저 밟아야만 한다. 어쩔 수 없는 운명이다. 태어나서 늙고 병들어 죽는 것은 모든 생명의 필연이지만, 어느 날 갑자기 부상으로 고통을 당하는 것은 사람이나 동물이나 예측할 수 없는 일이다. 가끔은 다친 경주마를 치료하여 다시 경마장으로 가기도 하지만, 조이는 그럴 처지가 아니었나 보다.

몇 년을 그렇게 지냈으니 그가 가야 할 곳은 다리를 치료해주는 병원이 아닐 것이다. 어쩌면 그날 아무것도 모른 채 순순히 끌려갔을 것이다. 조이가 어디를 갔든 찾을 수는 없으리. 그와의 인연은 이제 끝이었다. 늦가을 나뭇잎처럼 어디론가 바람 따라 정처 없이 떠나갔다고 나는 생각하리. 그예 마음 한 자락 위안도 다정함도 없이 쓸쓸히 이 가을을 보내리. 그리고 어느 날 문득 이 길을 지날 때 쓸쓸한 폐가에 떠도는 조이의 환영을 생각할 것이다.

"안녕, 조이!"

자화상

    중세 시대 이후 미술사에서는 화가들의 자화상을 많이 볼 수 있다. 그림 속에 군중의 모습으로 자신의 얼굴을 드러내는가 하면, 거울과 화폭을 번갈아 보면서 자신의 초상을 그렸다. 그중에 독보적으로 많이 그린 자화상의 대가라면 렘브란트(1606~1669)를 들 수 있다. 그는 16세부터 노년에 이르기까지 백여 점의 자화상을 남겼는데 회화, 판화, 데생이 있다.

    '빛의 화가'라고도 불리는 그는 네덜란드 출신으로 유럽 미술사에서 위대한 화가로 불리고 있다. 빛과 어둠의 강한 대비로 인물의 탁월한 묘사와 오묘한 인간의 감정을 담아내고자 했던 점이 높이 평가되고 있다. 그는 16세 때 처음으로 그린 자화상을 비롯하여 노년에 이르기까지 많이 그렸는데 그중에 16세의 모습과 34세의 모습에서 강한 인상을 받았다. 소년 시절의 자화상이란 얼마나 순수하고 앳되고 잘생긴 자신의 얼굴이었을까. 곱슬곱슬한 머리와 어딘가 빤히 바라보는 맑은 눈빛이 순수하다. 노년의 늙고 초라한 얼굴에서는 인간의 한 생애가 덧없이 가버린 그의 영화와 비참을 보는 듯했다. 34세 때의 얼굴은 그가 한창 화가로서의 전성기 시절을 누리던 때라 안정과 평온한 얼굴로 작가로서의 내면의 깊이를 보여주었다. 약간 옆으로 향한 자세에 귀족의 고급 의상, 깊은 내면의 심오한 눈빛과 표정을 볼 수 있다.

후에 인상파 화가 중 빈센트 반 고흐(1853~1890)가 자화상을 많이 남겼다. 그는 길지 않은 일생 중 가장 비참하고 고독하게 살다 갔다. 고갱과의 다툼 후에 자기 귓불을 자르고 정신병원에 입원한 불우한 화가였다. 그의 여러 자화상을 보고 있으면, 그의 각기 다른 얼굴들에서 지독한 가난과 외로움 그리고 비참함과 고뇌를 공통적으로 읽을 수 있다. 그리고 그 형형한 눈빛이 외면으로 드러난 고통을 대변해주는 듯하다. 동생 테오에게서 생활비를 얻어쓰는 처지에 모델을 사서 그린다는 것은 어려웠을 것이다. 누구 한 사람 초상화나 풍경화를 의뢰하거나 사는 사람도 없었다. 아를에서 자신에게 친절하게 대해줬던 우체부의 초상화를 그려주거나 평범한 이웃을 주로 그렸다.

그의 자화상 중 색채 대비가 강한 붉은색 배경과 초록색 재킷의 얼굴이 있다. 한 쪽 귀를 싸매고 파이프를 문 채 무심하게 먼 시선을 주는 초록빛 눈이 슬프게 보인다. 살면서 가장 괴롭고 고통에 찬 절망을 경험했을 때 스스로 귀를 잘랐던 광기는 사라지고 표정 없는 먼 눈빛이 그렇다. 대부분의 자화상은 덥수룩한 수염과 거칠고 황폐한 모습이다. 모델료가 없어 자기 얼굴을 그렸을 반 고흐를 생각하면 그 초췌한 눈빛의 얼굴이 나중에 그토록 유명해질 줄 누가 알았을까.

　독일의 화가 파울라 모더존 베커(1876~1907)도 젊은 나이에 사망한 여성 화가였다. 당시의 미술계는 여성 화가가 그리 대접받지 못했기에 그녀의 아버지는 늘 결혼부터 하라고 할 정도로 반대가 심했다. 부인과 사별한 화가와 결혼했지만 그리 행복하지 못했다. 그녀는 남편과 전처의 딸을 두고 파리로 그림 공부를 위하여 떠난다. 그녀의 그림은 세잔, 고갱, 고흐 등의 인상파의 영향을 많이 받았는데 질박하고 단순미가 돋보이는 자신만의 독특한 그림을 그렸다. 훗날에야 그녀의 그림을 제대로 평가받았다.

　그녀는 자신의 자화상을 누드로 그려 세상을 놀라게 했다. 그것도 임신한 자신의 몸을 그대로 그려 보였기 때문이다. 당시 독일의 여성 화가가 자신의 누드를 그리는 것은 미풍양속을 저해한다며 비난받았다. 대부분 종교화나 신화 속에서 여성의 신비스런 누드를 그린 것이 많았기 때문이다. '호박 목걸이를 한 자화상' 등 여러 자화상을 남겼지만, 첫딸을 출산한 후 후유증으로 31세로 삶을 마감하였다. 파울라의 영향을 받은 여성화가 프리다 칼로는 자신의 자화상으로 자신을 치유했다고 할 정도로 자화상만을 고집하며 그렸다.

　여러 화가의 자화상에는 그 시대의 아픔이나 고뇌가 담겼을 것이다. 사랑하는 사람을 그리워하듯 먼 시선을 주는 눈빛과 꾹 다문 입술, 질병과 고뇌에 찬 표정 또는 자신이 처한 현재의 기쁨과 슬픔이 보일 것이다. 수많은 표정에서 내면의 모습을 볼 수 있다. 화가가 그토록 열정을 다하여 자기 얼굴을 그리듯 훗날 그 얼굴을 대하였을 때 그 순간 그 감정을 고스란히 느낄 수 있을 것이다.

나에게는 무명의 화가가 그려준 데생의 초상화 한 점이 있다. 연필로 빠르게 스케치하여 묘사가 정교하지는 않지만, 그것을 볼 때마다 지난날의 나를 보게 된다. 어딘가에 시선을 둔 특별한 특징이 없는 평범한 얼굴이지만 벌써 10여 년 전의 얼굴이기에 지금보다는 젊은 모습이다. 그때의 나의 감정이나 표정 변화 같은 것은 찾아볼 수 없다. 아무리 봐도 그저 무덤덤한 얼굴, 무표정한 얼굴이다. 당시의 나에게 어떤 일이 있었는지 마음은 어떤 상태였는지 그저 짐작으로 생각할 뿐이다. 세월의 연륜 따라 못생긴 얼굴이지만 지난날의 그 모습을 사랑한다. 자잘한 무늬로 손금에 새겨진 운명대로 산다고들 하지만 나는 내 얼굴에 새겨진 나만의 모습으로 나의 삶을 사랑하리라. 나에게 그림 실력이 있다면 렘브란트처럼 내면의 진지한 모습을 그려보고 싶다.

눈물

휴일 아침에 어떤 외국영화를 보다가 그만 또 울었다. 화장지를 뽑아 들고 눈가를 닦으며 생각하니 나는 여태도 눈물이 많은 모양이다. 겉으로는 강한 척, 용감한 척하지만 마음은 한없이 여리다. 소설을 읽다가도, 슬픈 영화를 보다가도 또는 누군가 애틋한 가족 이야기라도 하면 금세 눈시울이 젖는다. 그러니 기뻐서 울고 슬퍼서 울고 연민으로 흘리는 나의 눈물은 언제나 내 마음을 울려준다.

크게 소리 내어 실컷 울어본 것이 언제였던가. 어린 시절 영화관에서 단체로 영화를 보다가 부끄러움도 없이 엉엉 울었던 기억이 있다. 울고 싶어서가 아니라 그냥 울다 보니 목이 쉬도록 울었던 때도 있었다. 소설이라면 오래전에 읽었던 일본소설 『오싱』을 읽으며 많이 울었던 것 같다. 왜 그렇게 많이 울었는지 생각해 보니 겨우 일곱 살의 어린 '오싱'이 남의 집 더부살이하면서 온갖 고생으로 고난을 헤쳐나가는 것이 나를 울렸다. 영화라면 수시로 울어서 헤아릴 수도 없다. 해피엔딩이면 기뻐서 울고 안타깝게 끝나면 슬퍼서 또 울었다. 그리고 어머니 돌아가셨을 때도 많이 울었다. 딸자식인 나는 나 살기도 바빠서 제대로 효도 한번 못 했으니 어머니에 대한 회한의 눈물이었다. 사랑하는 가족과 이별할 때 울지 않을 이는 없을 것이다.

어린 시절, 학교 갔다 집에 왔을 때 엄마가 보이지 않으면 눈물부터 글썽거렸다. 큰 소리로 엄마를 부르며 방과 부엌을 기웃거리다 집에 안 계신 것을 알면 훌쩍이며 내내 엄마를 기다렸었다. 늘 엄마 치맛자락을 잡고 따라다녔으니, 이 세상 누구보다 가장 소중한 존재가 엄마라는 사실을 그때 처음 알았을 것이다.

후에 결혼하여 두 아이 기를 때 아이들이 언제나 엄마 곁을 떠나려 하지 않았다. 직장에 다닐 때는 아침마다 따라가겠다고 울어서 모진 마음으로 떨치고 출근해야 했다. 그러다 퇴근하여 집에 오면 어딜 가든 늘 따라다녔다. 동네 반상회 때도 4살, 7살 두 아이를 데리고 가서 뒤쪽 구석에 앉아있어야 했다. 데리고 가지 않으면 동네가 떠나가라 우는 통에 업고 걸려서 가면 등에 업힌 둘째는 금세 울음을 뚝 그치고 내 등에 얼굴을 묻곤 했다. 어린 시절 내가 그랬던 것처럼 아이들의 세계도 오직 엄마만이 전부였을 것이다.

아이들도 나처럼 울보였다. 집에서 키우던 강아지가 죽었을 때 두 아이가 마당에 퍼질러 앉아 서럽게 울기도 했으며, 강아지 새끼를 여러 마리 낳았을 때 다 키울 수 없어 지인에게 주고 나면 또 울었다. 이제는 어느새 부모 되어 자식들을 키우지만 예전처럼 툭 하면 울지는 않을 것이다. 언제나 업어달라고 조르던 아들도 울보 떼쟁이라고 소문이 났지만, 이제는 어엿한 사회의 일원으로 열심히 살고 있다.

언젠가 텔레비전에서 대한민국과 북한이 합의한 '남북 이산가족 상봉'에서 헤어졌던 가족을 만나는 프로를 방영하였다. 6·25전쟁 때 헤어져 오랜 세월을 안타깝게 기다리다 서로 만났을 때 그 뭉클했던 순간을 잊을 수 없다. 청춘의 시절은 긴 세월 속에 덧없이 가버리고 늙어 주름진 얼굴과 앙상한 두 손으로 서로 얼싸안고 우는 모습에서 어찌 감동하지 않으랴. 부부가 잠시 헤어졌다가 다시 만나기로 약속했지만 끝내 갈 수 없는 장벽이 가로막지 않았는가. 남쪽으로 내려온 남편은 새 가정을 일구어 자식 낳고 살았지만, 북녘의 아내는 어린 자식과 늙은 부모를 모시고 모진 고생을 하며 살았던 것이다. 서로 부둥켜안고 소리치는 한 맺힌 상봉 장면이 나를 슬프게 울렸다. 긴 세월 서로를 그리워하며 남북통일의 날을 얼마나 기다렸을지 몸부림치며 울던 그날을 잊을 수 없다.

눈물은 인간의 가장 순수한 본능이다. 어린아이의 울음처럼 가식이 없다. 눈가를 적시는 맑은 눈물은 언제나 진실한 감정이 북받친다. 기쁨일까, 슬픔일까, 연민일까. 회한일까 또는 참을 수 없는 분노와 억울함에 우는 것일까. 눈물샘이 넘쳐 차오르도록 사무치게 울고 나면 다시는 눈물 날일 없을 것 같아도 항시 눈물은 깊은 샘 어딘가에 고여 있다. 슬그머니 눈시울이 붉어지고 목울대가 울컥하면 금세 눈물이 솟는다. 영혼 깊숙이 내면을 차고 오르는 그 부끄러움 없는 눈물이야말로 인간의 가장 고고한 영혼이 아닐까. 맑고 따뜻한 눈물이 소리 없이 볼을 타고 흐를 때 그 어떤 말보다 진실이 담겨있다.

　　오늘도 나는 영화를 보다가 눈물을 흘렸지만 가끔은 울고 싶을 때가 있다. 주체할 수 없이 흐르는 눈물을 쏟고 나면 마음이 한층 개운해질 것 같다. 그러려면 또 슬픈 영화를 보든가 마음을 울리는 소설을 읽어야 하리.

영화, 거부할 수 없는 매혹

　　예술의 장르 중 영화의 역사는 그리 길지 않다. 19세기 말, 처음으로 움직이는 영상을 만든 것만으로도 대단했다. 무성영화에서 유성영화로, 흑백영화에서 총천연색으로, 현대는 컴퓨터 그래픽 작업으로 대담하고 신비스러운 초호화 장면을 연출하고 있다. 빠르게 급성장한 영화산업으로 전 세계의 펜을 열광케 하고 있다.

　　언젠가 텔레비전과 비디오가 대중화될 때 영화관이 문을 닫을 것이라고 예견했었다. 또 신문이나 잡지보다 영상매체를 눈으로 보는 텔레비전 뉴스가 있으니 신문사도 망할 것이라며 한 때 이슈가 되기도 했다. 그러나 오늘날 신문사도 영화사도 발전을 거듭하며 건재하고 있다. 좋은 영화라는 소문이 나면 극장가는 단번에 관객이 몰려든다. 최근 우리나라의 영화들이 세계의 유명한 영화제에서 잇달아 감독상, 작품상, 주연배우상 등을 휩쓸고 있으니 과연 한국 영화가 세계 속에 큰 자리를 차지하고 있다.

　　어린 시절 나는 오빠 따라 영화관에 자주 드나들었다. 아마 초등학교에 들어갈 무렵부터 수시로 따라다녔던 것 같다. 영화 제목도, 배우 이름도 모른 채 영화 속에 온전히 빠져들게 하는 마법이 숨겨져 있었다. 그것은 신비로운 신세계로의 입문이었다. 거부할 수 없는 매혹이 어린 나를 달뜨게 했다. 영화가 끝나고 달빛 환히 비치는 밤길을 걸어올 때 오빠 혹은 오빠의 친구 등에 업힌 나는 긴 그림자를 보며 꿈인 듯 생시인 듯 그렇게 한때를 보냈다.

가끔은 그런 영화관이 아니라도 동네 공터에서 영화를 상영하곤 했다. 스크린을 설치하고 영화를 틀어주면 동네 조무래기부터 어른들까지 북새통을 이루었다. 나 역시 어른들 사이에 끼어 앉아 밤이 늦도록 영화에 빠져들곤 했다. 바람에 펄럭이는 스크린과 중간에 필름이 끊겨져도 개의치 않았다. <시네마 천국>에서 토토의 어린 시절만큼은 아니지만 나의 영화사랑은 그때부터 지금까지 이어져 오고 있다.

초등학교 때는 학교에서 단체 관람으로 본 <저 하늘에도 슬픔이>이 있었다. 주인공 남자아이가 온갖 어려움을 겪는 슬프고 안타까운 장면에선 전교생이 엉엉 우는 바람에 극장 안이 온통 눈물바다가 된 적도 있다. 무엇이 그토록 영화에 빠지게 하는지 어린아이들의 마음에도 감동의 눈물을 흘리게 만들었다.

살면서 수많은 영화가 나를 스쳐 갔다. 한국 영화는 물론이고 외국영화도 많다. 첫사랑의 연정 뒤에 훗날 다시 만나 선택의 기로에서 고민하다 결혼으로 이어지는 <노트북>은 그토록 열렬했던 사랑 뒤에 노년에는 기억을 잃어가는 아내를 쓸쓸히 바라보는 남편을 통해 사랑과 인생을 생각하게 한다. 또 미국의 유명한 여배우와 영국에서 서점을 운영하는 평범한 남자와의 사랑 이야기를 담은 <노팅힐> 같은 영화도 감동을 준다. 비록 스크린 속이지만 평범했던 저마다의 삶을 통해 인생의 의미를 진지하게 생각하게 하는 영화도 많이 있다. 그러나 나는 무엇보다 고전 명작 소설이 영화로 재탄생하여 관객들에게 감동을 주는 영화들을 더 좋아한다. 그런 영화들은 언제나 나를 기쁘게도 슬프게도 한다.

어쩌다 여행길에서 영화의 배경이 되었던 장소에 가면 특별한 관심을 갖게 된다. 그곳에서 살며 사랑했던 연인들의 이야기를 마치 실제처럼 잠시 착각하기도 한다. 공간의 장소는 시대를 뛰어넘어 꿈과 현실, 허구와 진실 사이를 오가며 열연했던 배우의 얼굴을 생각하게 된다. 그런 상상을 하며 풍경 속에 빠져든다는 것은 뜻밖의 기쁨이 된다.

요즘은 집에서 텔레비전으로 영화를 보고 있다. 영화관 스크린에 비할 수는 없지만 그래도 즐겨보는 편이다. 코로나19가 3년 가까이 이어지면서 영화관은 아예 갈 생각을 못 한다. 가끔 한가한 시간이 날 때면 영화채널부터 먼저 누른다. 재방영이라도 좋은 영화면 몇 번이고 보는 나는 마치 처음처럼 설레며 영화 속으로 빠져든다.

오늘은 어떤 영화가 내게 다가올지 자못 궁금하다. 장맛비가 세차게 쏟아지다가 금세 하늘이 희붐해지는 여름 오후에는 <쉘부르의 우산> 같은 영화가 보고 싶다.

고디찜, 고향의 맛

　가끔 어머니가 그리울 때 생각나는 음식이 있다. 해가 설핏 기울어가는 여름 저녁나절 또는 가을비 추적추적 내리는 날이면 어머니가 해주신 고디찜을 먹고 싶다. 고디찜을 식구들과 맛있게 먹었던 기억이 오랜 세월이 지나도 그 맛을 잊지 못한다.

　고향을 생각하면 처음 떠오르는 것은 고향집과 어머니이며 어머니가 해 주신 음식일 것이다. 대문 앞 길 따라 기와집들이 줄지어서 있고 황토 섞인 돌담장에는 계절마다 감꽃이 피고 석류꽃이 피고 탱자꽃이 피었다. 그중에 우람한 고욤나무가 서 있는 집이 내가 태어난 고향집이다. 대문을 열고 들어서면 꽃밭에 흐드러진 꽃들이 먼저 반겨주었다. 키 작은 채송화, 봉선화, 분꽃, 맨드라미, 달리아꽃이 여름 햇볕에 눈 부셨다. 많은 식구가 30촉 전깃불 아래서 복닥거리며 살던 시절을 생각하면 늘 그리운 풍경이다. 겨울밤 따뜻한 아랫목에 누워있으면 대문밖에 들려오는 "찹쌀떡" 혹은 "영덕게 사려~" 겨울의 시린 바람 속에서 삶의 애환이 실린 목소리가 담을 넘어왔다.

표준어가 '고둥'이지만 고디는 고향 대구에서 늘 듣던 말이다. 대구 근교 물이 맑은 하천이나 강가에서 많이 서식하는 민물 고둥이다. 여름 한 철에는 시장에 나온 통통하게 살 오른 고디를 삶아서 탱자나무 가시로 꺼내 먹는 맛이 일품이다. 어머니는 시장에서 고디를 사 오시면 깨끗이 씻은 후 우물물에 담가 놓는다. 나중에 까맣게 반들거리는 고디들이 살아서 껍질 밖으로 주둥이를 내밀고 꿈틀거리면 잽싸게 펄펄 끓는 물에 쏟아붓는다. 그래야 고디 살을 쉽게 꺼낼 수 있다고 하셨다. 삶은 고디를 하나씩 꺼내면 또르르 말린 초록색의 윤기가 먹음직스러웠다.

그 시절은 대부분 어렵게 살던 시절이라 먹을 것이 흔하지 않았다. 그중에 고디찜은 손이 많이 가는 음식이기에 자주 해 먹지는 못했다. 고사리, 콩나물, 미나리, 풋고추, 대파, 마늘 등 각종 야채와 미리 까둔 고디 살을 넣고 살짝 끓인다. 나중에 밀가루를 풀어 넣어 저으며 간을 맞추면 맛있는 고디찜이 된다. 식구가 많아 넉넉하게 만들어야 하겠기에 가마솥에 불을 때어가며 만든 고디찜은 금세 동이 났다. 어머니의 음식 솜씨는 늘 맛깔났지만, 많은 식구 밥은 쌀보다 보리가 많았다. 아버지의 밥상은 따로 차리고 두 오빠의 밥상도 겸상으로 내주고 나면 어린 동생들과 나는 어머니와 두레상에 둘러앉아 큼직하게 썰어 넣은 감자 된장찌개도 서로 많이 먹으려고 숟가락이 바쁘게 오갔다.

고향을 떠나 바닷가 도시에서 오래 살다 보니 어릴 적 먹었던 고디찜이 가끔 그립다. 어쩌다 바다 고둥을 사 와서 삶아 먹기도 하지만 어쩐지 씁쓰레하다. 어린 시절의 미각이 오랜 세월이 지나도 오롯이 남아있는 모양이다. 언젠가 충청도 영동지역을 여행 중 올갱이국을 먹다 보니 불현듯 어머니가 끓여주신 고디찜이 너무 먹고 싶었다. 가마솥에 나무 주걱으로 저어가며 걸쭉하게 끓여낸 구수하고 들큼한 그 맛을 어찌 잊으랴. 그 옛날 마루에 식구들이 둘러앉아 맛있게 먹었던 고디찜은 이제 추억의 음식이 되었다. 요즘은 고둥도 냉동식품으로 유통되기에 가정에서 사철 요리해 먹을 수 있다. 그러나 냉동이 아니라 고둥이 많이 잡히는 철이 되면 굵은 고둥을 한 바가지 사다가 한번 해 먹고 싶다. 민물고둥은 쉽게 눈에 띄지 않지만 그 시절 고디 찜은 그리운 고향과 어머니의 맛이다.

양치기 소녀

거실 벽면에 인물화 액자 하나가 걸려있다. 이 액자 속의 그림은 오래전부터 나와 함께 해왔는데 크기는 대략 가로 40cm, 세로 57cm이다. 평범한 나무 액자에 유리로 끼워진 그림은 밀레의 <양치기 소녀>이다. 집에 있던 액자에 끼우느라 아랫부분이 조금 잘려 나갔다. 1990년대 초쯤 방에 걸어둔 달력 속의 명화 중 한 장을 오려서 액자에 넣은 것이다. 그 당시는 밀레, 르누아르, 피카소 등 서양화가의 명화를 배경으로 달력을 만든 것이 인기가 많았다. 그 그림이 거실 한쪽 벽에 늘 걸려있던 것을 이곳으로 이사 올 때도 버리지 못하고 가져왔다. 종이에 인쇄된 달력 속의 그림이지만 여러 장의 아름다운 명화 중에 유독 이 그림에 마음이 끌렸던 모양이다. 그동안 들며 나며 무심히 보아오다가 최근에 다시 자세히 보았다.

프랑스의 한적한 시골 들판에서 해를 등지고 앉은 소녀는 챙이 넓은 모자를 쓴 탓에 이목구비가 또렷하지 않다. 14살에서 15살쯤 되어 보이는 앳된 소녀는 빛바랜 검은색의 낡은 윗도리와 폭이 넓은 수수한 치마를 입고 손에는 실패와 나무막대기를 들고 있다. 멀리 지평선 위로 저녁 해가 기우는 가운데 소녀의 모자 뒤의 석양빛이 후광처럼 빛나고 있다. 강렬하지 않은 해거름 석양의 연한 붉은 빛이 은은하다. 넓적한 바위 위에 앉은 소녀의 발치에 풀과 들꽃이 피어있다. 노을 지는 저녁나절의 쓸쓸한 풍경과 농촌 하층민의 소녀를 화폭 전체에 담았다. 이 그림을 보고 있으면 왠지 다른 그 어떤 아름다운 작품보다 수수한 소녀의 모습이 마음에 와닿는다.

이 <양치기 소녀>는 미국 보스턴 미술관에 소장되어 있다. 가로 113cm, 세로 162cm로 작품을 부분 복원하던 중 엑스레이로 찍은 결과 밑그림은 <바벨론에 포로로 끌려간 유대인>으로 밝혀졌다. 밀레가 1848년에 살롱전에 출품했으나 혹평을 받고 집에 보관하고 있다가 후에 그 그림 위에 <양치기 소녀>를 그린 것으로 전해진다. 프랑스의 작은 마을 바르비종을 떠났던 시기에 그린 작품으로 1870~1873년으로 추정하고 있다.

장 프랑수아 밀레는 바르비종파를 선도한 대표적인 화가이다. 당시의 역사·종교를 주제로 삼던 전통 회화보다 자연 속 농부들의 다양한 일상을 많이 그렸다. 빛의 회화로 불리게 되는 인상주의 미술에 큰 영향을 미친 것으로 평가받고 있다. 빈센트 반 고흐는 밀레의 여러 작품을 모방하였다. 자연에서 순박하게 살아가는 시골 농민들을 그린 밀레의 작품에 크게 감동했다. 그중에 <씨 뿌리는 사람>, <만종>, <이삭줍기> 등 수많은 작품을 모방하였다.

화가가 예술적 영감을 얻기란 매 순간 예리한 시선 속에서 작품이 구상된다고 믿는다. 쉽게 스칠 수 있는 빛이 가득 고인 자연 속의 풍경, 사물의 관찰, 저마다의 인물에서 얻는 것이 아닐까. 밀레는 당시 농민들의 일상적 일과에 예술적 직관을 놓치지 않았다. 그의 색色과 붓은 부드럽게, 때로는 거칠게 미천한 사람들의 고귀한 삶을 화폭에 담았다. 나는 밀레의 여러 작품을 접하면서 화가의 마음이 참으로 따뜻한 사람으로 생각되었다. 너무나 인간적인 정신과 예술적 영감을 우러러보지 않을 수 없다.

그림 속의 농촌 들녘을 바라본다. 인적 없는 평원에 외로운 양치기 소녀는 오직 양들만이 친구가 되었을 것이다. 저 홀로 호젓하게 바람에 흔들리는 들꽃을 바라보는 마음도 외롭고 쓸쓸하기는 마찬가지였을 것이다. 시간과 공간이 아득히 멀어도 여전히 여리고 앳된 모습 그대로다. 아름답고 세련되지 못해서 더 내 마음을 끌었을까. 수줍은 듯 순박한 모습이 가을 들꽃처럼 어여쁘다. 밀레는 가끔 사랑스러운 딸을 모델로 그림을 그렸다고 했지만 어쩌면 이 소녀는 어느 가난한 집 양치기 소녀인 것만 같다.

액자의 먼지를 닦으면서 소녀의 얼굴을 쓰다듬는다. 당시 소녀의 나이는 몇 살이며 어떤 이름을 가지고 있었는지 궁금하다. 나보다 100여 년 먼저 태어난 그녀는 그 후 어떤 삶을 살았으며 그의 삶에서 가장 빛나는 시절은 언제였을까. 농촌에서 어렵게 살아가던 양치기였으니 힘든 삶을 살았을 것이다. 이 작품을 그린 너른 들녘은 어느 농촌 풍경인지도 궁금하다. 오래전 처음 만난 달력 한 장에 담긴 작품이지만 소중한 그림인 양 다시 제 자리에 걸어둔다.

언제 갈 수 있을지 또는 종내 못 갈 수도 있지만 보스턴 미술관에 갈 기회가 있다면 꼭 이 <양치기 소녀>를 만나고 싶다. 지난날 그 토록 내 마음을 끌었던 소녀를 만나면 오랜 세월이 지나도 여전히 무심한 듯 멍하니 앉아있는 그녀에게 미소를 보내고 싶다. 사랑스런 나의 소녀여! 그 언제 만날까.

기억에 대하여

사람들은 일생을 살면서 기억을 할 수 없다면 그 삶은 어떻게 펼쳐질까. 생각만 해도 끔찍한 일이다. 기억이라는 마법의 장치 덕에 한 생애를 정신적 부유함에서 살아가는지도 모른다. 노년에 자신의 전 생애를 담아 자서전이나 회상록을 쓰는 것도 뇌에 무수히 각인된 회상의 기능이 있기 때문이다.

누구나 유년 시절부터 겪어왔던 삶의 여러 단면이나 그때의 환경이나 가족관계 등에서 많은 추억을 가지고 있다. 어린 시절의 그런 체험들은 일생 지울 수 없는 추억의 파편들이다. 아버지의 권위주의에 늘 주눅 들어 살았던 세대들은 아버지란 가까이하기 힘든 두려운 존재로 기억되기도 할 것이다. 부모님의 불화나 크면서 매일 형제들과 싸웠던 일, 또는 아버지나 어머니를 일찍 여의고 가족이 힘들어했던 일들을 기억하며 성장하기도 한다. 그런 추억들은 평생 마음에서 지워지지 않고 가끔 생각하는 것이 우리의 삶이다.

그러나 대부분의 사람은 유년 시절에 힘들게 살았지만 그 시절이 가장 행복하였다고 한다. 못 먹고 못 입어도 부모·형제와 부대끼며 살았던 옛일들이 가장 기억에 남기 때문이다. 어떤 어려움이 닥쳐도 힘들게 고난을 이겨냈던 일들이 강한 의지를 갖게 한 힘이다. 불과 몇십 년 전의 이야기지만 현대는 빠르게 발전해왔기에 그런 일들도 그저 추억으로 기억될 뿐이다.

사람들은 저마다 최초의 기억은 몇 살 때쯤일까. 나의 경우는 동생이 태어나기 전이니까 서너 살 무렵이 될 것 같다. 까마득한 세월 저편의 어떤 일들이 어렴풋하게 떠오른다. 어딜 가든 엄마 등에 업혀야만 안심이 되었는지 엄마가 외출할 기미가 보이면 줄기차게 울면서 치맛자락을 꼭 잡고 놓지 않았었다. 그런 날 어머니는 등에 업힌 나를 머리로 뒤를 툭툭 가볍게 치며 이 추운 날 따라가겠다고 떼를 쓴다고 하신 말이 생각나기 때문이다. 까만 비로드 목도리를 내게 둘러주고 당신은 목도리도 없이 나를 업고 걸었던 최초의 아득한 기억이다.

가끔 여동생과 대화 중에 어린 시절의 이야기가 나오면 나와는 전혀 다른 생경한 이야기들이 쏟아져 나온다. 분명히 한집에 살며 성장하였지만, 동생은 나보다 더 풍부한 기억의 창고가 채워져 있는 것을 느낀다. 나는 전혀 생각나지 않는 일들이 실타래처럼 풀어져 나오면 그저 고개를 끄덕이며 들어주기 마련이다. 내가 기억하지 못하는 것도 다르게 추억할 수 있다는 것은 강렬하게 남아있던 그때의 감정이 아니었을까. 그런 일들은 저마다 가지고 있는 기억들이 어느 정도일지 궁금하다. 노년에 이르러 점차 기억을 잃어가는 사람들은 아주 오래전의 일들은 정확히 기억해도 바로 어제의 일은 기억하지 못한다고 한다. 치매란 얼마나 사람을 우울하게 만드는지 그걸 지켜보는 가족의 애타는 심정도 헤아리게 된다. 그러나 정작 본인은 그걸 모르고 가족을 못 알아보거나 길을 잃고 헤매기도 하니 너무 가슴 아픈 일이다. 친구는 친정에 갈 때마다 친정어머니가 "아지매는 누구요?" 하면 눈물부터 나더라고 한다.

많은 작가가 죽을 때까지 펜을 놓지 않고 끊임없이 글을 쓰는가 하면, 어떤 작가들은 어느 날 절필을 선언하기도 한다. 기억을 잃어가거나 다른 질병으로 고통을 겪는 일은 누구에게나 올 수 있는 일이다. 총명했던 뇌도 언젠가는 그 기능을 차츰 잃어간다. 젊은 시절의 어느 작가가 유려하고 빛나는 문체로 시를 쓰고, 소설을 쓰고, 수필을 썼다면 노년에는 그 아름답던 감성적 언어들도 점차 무디어지는 것이 아닐까. 문학사에 빛나는 언어의 마법사도 뇌의 세포가 줄어들어 차츰 지워지기 때문이다. 그런 일들을 겪는다는 것은 정말 슬픈 일이다.

화가 폴 세잔은 지병이 있는 몸으로 남프랑스 엑상프로방스에서 집 가까이 있는 언덕으로 생트 빅투아르산을 그리러 나갔다가 세찬 비를 맞고 동네 사람의 수레에 실려 내려왔다. 그 후, 얼마 지나지 않아 세상을 떠난 그였지만, 아픈 몸으로 못다 그린 작품을 완성하고 죽었다고 한다. 많은 예술인은 강한 집념으로 자기의 작품을 남기려 한다. 그는 몸이 기억하는 예술에 대한 의지를 마지막까지 남김없이 불태우려 화구를 챙겨 떠났을 것이다. 화가이기에 하고 싶었던 말이나 글보다 그림으로 남기는 것만이 생의 마지막 열정이 아니었을까.

　가끔 나는 지난 일들을 회상하기도 한다. 그것들은 슬픔의 날보다 기쁜 날들을 더 많이 생각한다. 그런 일들은 삶의 치유처럼 오늘을 살게 하고 내일을 꿈꾸게 한다. 젊은 날의 아름다운 시절을 함께 했던 직장의 옛 동료들, 또는 유년의 철없던 친구들이 생각나는 저녁이다.

오리나무꽃

　3월이 시작되자 산자락마다 봄빛이 완연하다. 산을 오르는 오솔길 옆 계곡을 따라 연두색이 아스라하게 펼쳐져 있다. 긴 가뭄과 혹한의 겨울을 보내고도 자연은 어김없이 눈길 보내는 곳마다 봄의 시작을 알리고 있다. 이제 곧 산허리 전체가 연두색으로 펼쳐질 오리나무꽃들도 자랑스럽게 이 언덕에서 출렁일 것이다. 초봄의 오리나무는 멀리서 보면 새순 돋는 나무처럼 보이나 가까이에서 보면 꽃이다.

　숲에서 처음 지표를 뚫고 나오는 색이 연두색이라면 나뭇가지마다 새잎을 틔우는 색도 연두색이다. 가장 순정한 연두색을 바라보며 우람하게 키 큰 나무도 노랑을 품은 연초록 꽃을 피우는 것을 알았다. 그것은 아름다운 봄꽃이 아니라 가장 못생긴 꽃이다. 바람이 불어올 때마다 코끝을 스치는 향기도 없이 노란 꽃가루만 시나브로 날려 보낸다. 한 송이 따서 자세히 보니 이제 막 깨어난 배추 애벌레처럼 징그러운 모습이다. 꽃 중에도 가장 못생긴 꽃을 바라보며 '사랑받지 못하는 꽃은 바로 너구나!' 싶었다.

이 세상에 생명으로 태어나서 사랑받지 못한다면 얼마나 슬픈 일인가. 사람이든 동물이든 식물이든 처음 이 지구 광대무변한 세계와 만났을 때 모든 생명은 그지없이 아름답고 사랑스럽다. 어린 아기의 까만 눈동자와 방긋방긋 웃는 작은 입술, 혹은 뒤뚱거리며 어미 뒤를 따라가는 새끼 오리나 강아지도 얼마나 예쁜가. 아침의 찬란한 햇빛 아래 고요히 꽃잎 여는 신비의 색채는 세상의 모든 꽃을 위한 축복이다.

하지만 꽃 같지도 않은 꽃이 산자락마다 노란 꽃가루를 가득 품고 자신의 존재를 자랑스럽게 내보인다. 한 송이는 못생겼으나 여럿이 모이니 나뭇가지마다 뽐내듯 노랗게 혹은 연둣빛으로 빛나고 있다. 혼자가 아닌 여럿이라야 비로소 완성된 최고의 아름다움을 발견한다. 비록 사람들에게 사랑받지 못해도 묵묵히 꽃을 피운 뒤엔 미련 없이 떨어진다. 땅에 떨어져 갈색으로 변해 가는 꽃을 유심히 보면 깨알처럼 작은 하트가 무수히 많다. 숨겨진 작고 예쁜 하트를 사람들은 알지 못한다. 그저 무심히 밟으며 지나가기 때문이다. 쉽게 눈에 뜨이지 않고 보잘것없으나 누군가가 보아줄 것이라 믿고 있을까. 어쩌면 수줍게 "나를 사랑해 주세요."라고 말하는 듯하다.

꽃은 사랑받지 못해도 그 나무는 두루 쓰이고 있다. 재질이 소나무와 비슷하여 깎고 다듬어 생활용품으로 많이 만든다고 한다. 전통혼례식 때 신랑이 들고 가는 나무기러기는 오리나무로 만든다고 한다. 한 나무에 암꽃과 수꽃이 아주 가까운 거리에서 피며, 봄이 채 오기 전부터 꽃을 피우는 부지런함이 있으니 신랑 신부가 오랫동안 행복하게 살라는 상징성이 있다고 알려져 있다. 또 껍질이나 열매로 적갈색에서부터 흑갈색까지 천연염료로도 쓰인다고 하니 오리나무도 이렇게 우리 삶 가까이에서 귀중한 자원으로 쓰이고 있다.

못생긴 오리나무꽃, 원색으로 화려하지도 향기롭지도 못하여 발에 밟히고 천대받지만 그래도 당당하다. 빨간 동백꽃처럼 요염한 절정의 모습 그대로 살짝 내려앉는 것도 아니고, 매화처럼 섬세한 향기가 있는 것도 아니다. 벚꽃처럼 꽃잎 한 잎 한 잎 바람에 흩날리며 짧은 날의 화려함과 덧없음을 보여주지도 않는다. 그저 산비탈 오솔길에 수많은 벌레처럼 누워있다. 노란 꽃가루를 꽃샘바람에 천지사방으로 흩날리곤 제 소임을 다 한 듯 생애를 마감한다. 한 생을 다한 사랑 받지 못한 꽃의 마지막이다. 그래도 내년 봄에도 그다음 봄에도 수없이 다가올 첫봄마다 기쁨에 넘쳐 춤추듯 찾아올 것이다.

우리 삶에도 오리나무꽃 같은 사람이 있다. 외면보다 내면을 중시하는 사람이다. 처음 사람을 볼 때 외모에 먼저 호감을 느끼더라도 나중에는 그 사람의 인품과 지성에 매력을 더 느끼게 마련이다. 남을 위하여 존중하고 겸손하며 배려할 줄 아는 사람은 오래 정을 나눌 수 있다. 권력도 재물도 명예도 없지만 묵묵히 자기 삶에 만족하며 산다. 아무도 알아주지 않아도 맡은 일에 최선을 다한다. 남에게 칭찬받기를 원하지도 않는다. 나중에 거목으로 성장할 오리나무처럼 자신의 미래를 위하여 애쓴다. 그런 사람은 어떤 어려움에도 굴하지 않는다. 지금은 보잘것없으나 희망찬 내일이 있기에 기꺼이 자기 삶을 사랑한다.

산을 내려오며 다시 뒤를 돌아보니 아스라하게 연두색 물결이 출렁인다. 작년에도 재작년에도 첫봄이 시작될 즈음이면 언제나 흐뭇하게 바라보곤 했었다. 이제 이 꽃들이 지고 나면 산은 더욱 초록이 짙어가고 연분홍 산 벚꽃, 철쭉이 그 뒤를 이을 것이다. 4월이 오고 있다.

3
돌

찰랑찰랑하게 물을 채운 옹기 뚜껑 속의 돌들은 대부분
몽돌이다. 물속에 있으면 추상적인 무늬도 선명하다. 파도에
쓸려 이리저리 구르고 서로 부딪치며 오랜 세월을 보낸
흔적이다. 그것들은 수없이 상처를 이겨낸 돌의 승리이다.
해변에 무수히 깔린 돌들이 지금은 모나고 못생겼지만
언젠가는 지순한 몽돌로 변한다.
우리 삶도 그렇다. 남녀가 처음 만날 때는 네모와 세모 혹은
칼같이 날 선 돌로 만나 서로 성격이 맞지 않는다며 모진
말로 상처를 주고 싸우다가 끝내는 갈라서는가 하면, 매번
부딪치며 싸우면서도 조금씩 양보하고 화해하며 자연스레
닮아간다. 그 모든 것을 다 이겨낸 인생의 황혼기에는 서로
애틋하게 바라보며 남은 인생을 사랑한다. 비로소 몽돌이 된
것이다. 나는 이런 노부부를 볼 때마다 인생의 아름다움을
함께 가꾼 몽돌 같은 부부라 생각한다. 어쩌면 노둣돌같이
자신 보다 상대를 위하여 받침돌이 되는 것에 삶의 참 의미가
있지 않을까. 쉼 없이 파도가 밀려와서 구르는 돌처럼 지금은
아프겠지만, 언젠가는 예쁜 몽돌로 변할 것을 믿는다. 그것이
참사랑이다. ─「돌」에서

영혼이 깃든 집,
방우산장

2020년 12월 3일은 조지훈 탄생 100주년이 되는 날이다. 그가 우리 곁을 떠난 지도 52년이 지난 셈이다. 그의 탄생 100주년을 기념하여 계획했던 행사도 코로나19 상황으로 미루었다고 했다. 그의 아들인 조광렬 수필가는 미국에 거주하는 건축가로 최근 아버지의 회고록을 발표했다. 생전의 아버지보다 스물일곱 해나 더 산 노인이 되어 덧없이 가버린 지난날을 회상하며 솔직하게 쓴 글이 나의 마음을 아프게 했다.

"문인이나 대학교수는 절대 되지 않겠다고, 훨씬 더 가정적이고 경제적으로 여유 있는 삶을 살겠다."고 다짐했던 철부지 사춘기 소년이었던 아들은 인생의 황혼기에서 바라보는 아버지 조지훈은 눈물로 그리워하고 존경하는 진실한 고백이었다. 오로지 시詩와 학문과 나라 걱정에 가정을 돌보지 않았던 아버지를 원망하였지만, 지금은 어느 누구보다 아버지를 이해하고 닮아가고 있다.

세월이 한참 흐른 후에야 아들은 아버지를 깊이 이해하고 사랑하며 애써 외면했던 소년 시절을 회상한다. 아버지의 삶과 글을 통해 어떻게 살아야 하는지를 배웠다고 한다. 미래에 대한 확신과 희망, 자신에 대한 무한한 믿음, 삶에 대한 정정당당함, 아들에게 줄 수 있는 유산 중에 이보다 더 값진 것이 있을까. 아들은 눈물로 아버지를 그리워한다.

시인 지훈 조동탁(1920.12.3~1968.5.17)은 경북 영양에서 출생하여 일제 강점기 시절과, 8·15해방, 6·25전쟁을 거치면서 격동의 시대를 살았다. 할아버지에게서 한학을 배우며 일본 와세다 대학의 통신 강의록으로 수학하여 동국대 전신인 혜화전문학교 문과를 졸업하게 된다. 대학을 졸업하고 오대산 월정사 불교 전문강원 강사가 되어 어지러운 사회를 한탄하며 산속으로 들어가 버렸으니 그의 피끓는 청춘의 나이 스물두 살이었다. '청록파' 시인으로 선비로서의 인품과 기개와 지조를 갖춘 지사였다. 주옥같이 아름다운 시와 격조 높은 산문, 깊이 있는 논문들이 있다. 오로지 학문과 시詩와 불교와 민족적으로 일관된 삶을 살았다. 「낙화」, 「승무」, 「파초우」는 그의 대표작으로 유명하다.

그의 뛰어난 산문 중에 「방우산장기」를 다시 읽었다. 전에는 무심히 읽고 넘겼지만, 다시 읽은 그의 산장 이야기는 내게 애틋한 감동을 주었다. 졸업 후 찾아간 월정사 동향의 방에서 거처하고 있던 절집을 처음으로 '방우산장放牛山莊'이라 하였다. 그 후 성북동 집을 방우산장이라 하기도 하고, 여기저기 가는 곳마다 그가 머무는 곳은 다 산장이 되었다. 전란 종군 시절에는 들판에서 한 장의 담요만으로도 그의 산장이 되었다. 한 마리 소를 풀어놓은 산장, 그 소가 새소리를 따라 어디를 가든 여의찮고 찾지도 않는 소는 마음에 있기에 언제나 그가 머무는 곳이 방우산장이었다. 소의 이미지란 느리지만 우직하게 제 할 일을 묵묵히 한다. 미련스럽지만 결코 미련하지 않은 소의 순한 천성을 무척 좋아한 모양이다.

지훈은 죽어서는 무성한 숲속의 무덤도 방우산장이 될 것이라 했으니 자연으로 돌아간 영혼의 영원한 쉼터가 되었을 것이다. 땅 위에 남겨놓고 간 그 많은 사연과 인연들도 종내는 심산의 새소리와 바람 소리에 묻혀 떠날 수 없는 고독한 산장이 되었을 것이다.

언젠가 경북 영양군 주실 마을에 다시 간다면 그의 옛집인 '방우산장'에 꼭 가고 싶다. 그 집은 유년 시절부터 결혼할 때까지 살았던 집을 '방우산장'으로 복원되었다고 한다. 그 옛집에서 그가 머물렀던 흔적을 보고 싶다. 또 30여 년간 살았던 성북동 옛 집터에도 표지석이 세워졌으며 인근에 기념 건축조형물인 '방우산장'이 건립되었다고 한다. 생전에 그토록 사랑했던 마음의 산장이었기에 돌아오지 않는 소를 위하여 산장을 마련한 것일까.

탄생 100주년이 넘은 지금 그를 기리는 후학과 많은 사람은 오늘도 그의 학문과 시를 사랑하고 있다.

나도 산장이라는 이름을 가져보고 싶다. 산이 가까이 있으니 집에서 10여 분만 걸으면 숲이 우거진 산속으로 갈 수 있다. 그 숲으로 가기 전 들녘에 탱자나무 울타리가 있는 폐가 한쪽 마당에서 어제도 오늘도 혼자 서성이는 말 한 마리가 있으니 그 말은 경마장에서 쫓겨난 외로운 말이다. 순한 눈빛이 약간 슬퍼 보이지만 모든 것을 체념한 듯 오가는 행인들을 바라보며 삶을 이어가고 있다. 광야로, 숲속으로 달려보고 싶겠지만 다리를 절룩이는 쓸쓸한 신세이다. 그의 곁에는 온갖 새들이 와서 먹이를 같이 먹는다. 순한 짐승이니 먹이를 두고 싸우지 않는다. 새소리 따라 떠날 수 없어도 그 새들과 가까이 서로 다독이듯 생명을 이어가고 있을 뿐이다.

가끔 풀을 베어 와서 이름을 부르면 내게 다가오는 말이 마냥 좋다. 헝클어진 갈기에 붙은 지푸라기를 떼어주고 머리도 쓰다듬어 주면 푸르릉 콧바람을 불며 내게 더 가까이 다가온다. 그런 말이 있기에 나의 집은 '방마산장放馬山莊'쯤 되지 않을까.

지훈은 풀어놓은 소가 새소리 따라 어디로 가든 찾지 않겠다고 했지만, 나의 말은 언제나 그곳에 우두커니 서서 떠날 수 없음을 한탄한다. 그 말이 내 마음에 늘 가까이 있으니 어디에 있든 산장이 되는 것이다. 말과 함께 길 떠나는 꿈도 꾸고 있다. 그 말을 타고 눈 쌓인 설원 속으로 달려보고 싶다. 싸늘한 눈바람 맞으며 매운 채찍도 없이 저 가는 대로 마냥 달려보고 싶다. 때로는 가을 단풍 속으로 천천히 걷다 보면 세상은 참으로 아름다운 풍경과 함께 말과 나의 나들이가 될 것만 같다. 그러나 이 또한 마음으로 떠나고 머물다 보니 언제나 나의 꿈꾸는 산장일 뿐이다.

꾀꼬리 우는 소리
기다리는 마음

어느 해 봄, 충북 옥천의 정지용 생가에 다녀온 적이 있다. 생가 앞의 냇가에는 재우치듯 돌돌거리며 냇물이 흐르고 옆에는 풀이 무성히 자라고 있었다. 그의 자취가 남아있는 시골집을 둘러보며 사람은 가도 예술은 영원히 빛나고 있음을 느꼈다. 그러나 그토록 고즈넉하고 한적하던 이 마을이 언제부터인지 생가를 찾는 많은 사람과 자동차로 인하여 더 이상 산촌이 아니었다. 그날 봄빛 찬연히 쏟아지는 마당가를 걸으며 그의 삶과 문학을 생각했다.

산문보다 시詩가 먼저 기억되는 아름다운 시어들은 수필 속에도 맛깔나게 풀어놓았다. 그의 산문들은 시적이면서도 서정적인 진솔한 글이었다. 일본 교토 동지사대학에 유학 중일 때의 경험인 「압천상류」 상·하편은 일제 강점기 시절 일본으로 건너와 살고 있는 한국인들의 삶의 애환도 볼 수 있었다.

지용의 산문은 특유의 신선하고 맛깔난 감각적 언어로 눈앞에 보이는 풍경과 사물의 이미지가 그대로 떠오르는 글의 참멋을 느낄 수 있다. 바다가 없는 충청도 산골 출신인 그가 배를 타고 다도해의 여러 섬을 바라볼 때의 감정, 부둣가에서 싱싱한 해산물 멍게를 사먹은 경험, 일행 중 경남 거창 출신의 화가 정종여의 경상도 사투리를 그대로 표현하는 수수한 인간적인 면모도 볼 수 있다. 아름다운 바다 풍경을 바라보는 지용으로서는 새로운 충격으로 다가왔을 것이다. 금강산을 비롯하여 평양, 제주도, 다도해 등을 두루 여행하였는데, 박용철, 김영랑, 김현구, 길진섭, 정종여 등과 함께 했다. 1950년 부산, 통영, 진주는 그의 마지막 여정이었다.

정지용은 1902년 충북 옥천군에서 독자로 태어났다. 휘문고보를 졸업한 후 일본 교토 동지사대학 영문과에 입학한다. 대학에 다닐 때부터 일본 문예지에 시를 투고하여 문단에 관심을 받게 된다. 졸업한 후 휘문고보의 영어교사로 재직하면서 《동아일보》와 《조선일보》에 시와 산문을 발표하는 등 독보적인 위치에 있었다. 해방 후 이화여대와 서울대에 출강하기도 했다. 6·25전쟁 때 북으로 납북된 후 평양 감옥에 이광수, 계장순 등과 함께 수감되었다가 폭격으로 사망하였음을 추정하고 있다. 1987년 2월, 해금 발표로 출판이 허용되고 비로소 세 권의 시집과 두 권의 산문집이 출판되었다.

수필 「꾀꼬리와 국화」는 지용이 1937년 3월 서울 북아현동으로 이사한 후 쓴 수필이다. 당시 '새문밖'이라 함은 서대문인 돈의문 바깥을 말한다. 전차가 다니고 집에서 멀지 않은 산에는 늘 산새가 지저귀는 한적한 동네였다. 이사한 다음 날 아침, 꾀꼬리가 우는 소리에 반갑고 놀란 마음에 뛰어나가지만 아무도 관심을 가지지 않는다. 동네 사람들은 그저 땅값이나 집값의 시세에만 관심을 둘 뿐이다. 예전이나 지금이나 사람들은 변하지 않는 것이 바로 돈이 되는 부동산 시세에만 관심을 가지는 모양이다. 요즘 사회적 말썽인 재개발 택지 부동산 투기 때문에 얼마나 떠들썩한가.

지용은 새소리와 바람에 술렁이는 솔잎 부딪는 소리도 예사로 듣지 않았다. 소나무 솔잎 소리에 취해 외진 새문밖으로 이사 온 것이 오히려 좋다고 한다. 들녘에 보리가 노랗게 익어가고 산에는 뻐꾸기가 울 때, 아침 언덕 풀 섶에 피어있는 푸른 달개비꽃을 따서 잉크를 만들어 벗에게 편지를 쓴다. 어떻게 달개비꽃으로 잉크를 만들어 쓸 수 있을까. 그 여리고 신비한 푸른 꽃잎 잉크로 편지를 쓴다면 얼마나 가슴이 설렐까. 집에서 꾀꼬리 우는 소리를 들으며 산다며 애인에게 쓰듯 정성으로 써 보낸 편지를 받고 멀리 사는 친구가 일부러 찾아온다. 그날따라 꾀꼬리가 울지 않으니 벗에게 미안하였을 것이다. 꾀꼬리는 봄 한철 짝을 찾아 지저귀는 모양이다.

그렇게 봄이 가고 여름도 가고 가을 서리가 내린 후에 소슬하게 노란 국화가 핀다. 동저고리 바람으로 쪼그려 앉아 국화를 보면서 새 중의 새는 꾀꼬리요, 꽃 중의 꽃은 황국이라 하였다. 여름꽃도 다 지고 잎도 지는데 찬 서리 내린 후에 고상하게 기품 있게 피는 꽃을 얼마나 사랑하였으리. 다시 내년 봄에 맑고 고운 소리로 울어줄 꾀꼬리를 기다리며 조락의 늦가을을 보낸다.

꾀꼬리가 우는 이른 봄과, 보리가 익는 초여름을 지나 가을 국화가 피는 늦가을에 그 감회를 풀어 놓은 글이다.

간밤에 내린 세찬 봄비에 하늘이 말갛다. 뿌옇게 대기를 감싸던 미세먼지도 말끔히 씻겨 나갔다. 아파트 안마당에 벚꽃이 하얗게 깔렸다. 꽃잎 날리는 벚나무 가지에 산새들이 재잘거린다. 봄이 오니 새들도 사랑의 세레나데를 목청껏 부르나 보다. 산이 가까이 있으니 온갖 산새들이 찾아오지만, 아직껏 꾀꼬리는 볼 수 없었다. 곤줄박이, 박새, 까치, 산비둘기, 참새, 이름을 알 수 없는 새들도 가끔 날아온다. 지용은 마당가 나무에 와서 우는 꾀꼬리 소리에 반가워 뛰어나갔다지만 나는 아파트 창 아래 벚나무 사이로 날아다니는 산새들 바라보느라 한참을 서 있다. 싱그러운 아침 공기에 나뭇잎은 연초록으로 빛나고 이따금 불어오는 바람 한 줄기에 하얀 꽃잎이 눈처럼 흩날리는 봄 풍경에 취해 시간 가는 줄을 모른다.

꾀꼬리 대신 저 산새를 바라보며 그 옛날 새문밖 꾀꼬리 우는 한적한 마을 풍경을 생각한다. 오늘은 풀 섶에 있는 듯 없는 듯 호젓하게 피어있는 달개비꽃을 찾으러 가봐야겠다. 푸른 잉크를 만들어 벗에게 편지를 보내지는 못해도 그 작고 어여쁘고 새침한 닭의 볏 같은 달개비꽃 푸른 꿈을 위하여 마음은 벌써 저 산비탈 외진 산길에 가 있다.

절망에 빠진 자아,
인간 김해경

　이상의 수필은 그의 시, 소설에 못지않게 뛰어난 예술적 성취를 이루었다. 그것은 수필이 지니는 장르적 속성에 기인하는 것이기도 하고, 이상 자기 내면을 과장하거나 은폐하지 않고 진솔하게 표출했기 때문이다. 그의 수필 중 뛰어난 작품이라면 성천기행 관련 수필인 「산촌 여정」과 「권태」를 들 수 있다. 그것은 성천이라는 농촌의 체험이 서울 토박이인 이상에게 신선한 자극으로 다가왔으며, 그 경험을 바탕으로 풍경의 선명한 인상과 함께 농촌 촌민의 삶을 수필 속에 나타내었기 때문이다. 시각, 청각, 후각의 공감각적 감성으로 시골 풍경을 묘사하였다. 예전에 『이상 문학전집』에서 읽은 그의 수필들은 원문 그대로 실려 있었지만, 최근에 읽은 「산촌여정」은 현대어로 수정되었기에 또 다른 감회가 있었다. 그의 수필은 작가 '이상李箱'이기 전에 인간 '김해경'을 만난 듯했기 때문이다.

　이상(1910~1937)은 서울 사직동에서 이발소를 경영하는 김연창의 장남으로 태어났다. 본명은 김해경金海卿으로 3세 때 백부에게 양자로 입적된 후 24세까지 백부 집에서 성장하였다. 성장 과정에서 심리적으로는 두 사람의 아버지와 어머니 사이를 방황하면서 보냈다. 동명학교를 거쳐 보성고보를 졸업하고 서울대의 전신인 경성공업고등학교 건축과를 졸업하였다. 졸업 후 조선총독부 건축기사로 취직하지만, 폐결핵으로 인한 각혈로 기사직을 사퇴한 이후 정상적인 삶을 포기하다시피 했다. 이후 동경에서의 새 삶을 기대했지만, 불령선인으로 체포되어 약 한 달간의 감방 생활과 극도로 나빠진 건강으로 끝내 회복하지 못하고 그곳에서 삶을 마감한다. 27세의 젊은 청춘이었다.

그의 짧은 생애 동안 시대적 현실에 적응하지 못하고 절망과 불안과 부정으로 일관된 삶을 살다 간 천재였다. 조국이 일제에 시달리는 강점기요, 그 속에 가족과 묘하게 얽힌 가족사에 폐결핵이라는 병 때문에 고통받으며 절망 속에 신음하다 죽은 귀재였다. 금홍이란 기생을 만나 내연의 처로 살면서 후에 「날개」와 「봉별기」의 주인공으로 이상의 예술에 많은 영향을 주었다.

「산촌여정」은 그의 진솔한 인간적 내면을 보는 것 같아 마음이 아팠다. '제비다방'의 실패와 실연으로 정신과 육신이 가장 고통스러울 때 친구의 고향인 평안남도 성천으로 요양을 가게 된다. 그곳 산촌의 풍경과 순박한 시골 사람들을 보면서 8월 한 달여를 보내게 되는데 깊은 병마 속에서도 도시에 두고 온 가족 생각에 그의 아픔은 시도 아니고 소설도 아닌 수필로 고스란히 자신을 내보였던 것이다.

마음은 언제나 가난한 가족을 생각한다. '자살을 할까?' 생각하다가도, 꿈에라도 가족을 보면 그만 걱정으로 잠이 깨고 마는 장남으로서 책임을 은연중에 의식한다. 어찌할 수 없는 현실 앞에서 그의 미래는 출구가 보이지 않을 것 같지만, 이곳에서의 체험은 그동안 써왔던 난해한 시와는 거리가 먼 감수성 짙은 문체와 이미지의 시적 비유로 수필을 한층 돋보이게 하였다. 현재 상황이 권태롭고 절망적이더라도 현재와 다른 미래와 새로운 희망의 가능성은 도시에 내재되어 있다는 이상의 인식을 보여준다.

「산촌여정」은 이미지에 대한 탁월한 묘사가 돋보인다. 연둣빛 베짱이가 등잔에 올라앉아서 슬퍼하는 것처럼 고개를 숙이고 있다고 했으니 이상 자신의 심경도 그러했을 것이다. 옥수수밭을 군인들의 관병식이라 한 것과 붉은 옥수수수염이 바람에 흔들리는 모습에서 군졸의 벙거지에 꽂은 붉은 털이라고 하였다. 옥수수밭의 풍경을 군인들의 대열로 표현한 묘사력이 놀랍다.

시골 여인들도 예사로 보지 않았다. 물동이를 이고 지나가는 건강한 젊은 새악씨들을 보면 검게 그을린 피부에서 푸성귀 냄새가 나고, 머루와 다래로 검게 변한 입술에서 원시적 건강을 찬양하였다. 도시의 백화점 여점원이나 공장 여직공들의 하얀 손가락을 연상할 때 이 시골 새악씨들은 얼마나 숭굴숭굴한 건강미가 넘치는지 끔찍이 축복하여 주고 싶다고 한다.

산골에서 문명의 초콜릿도, 추잉껌도, 장난감도 모르는 아이들, 백화점의 미소노 화장품도, 핸드백도 모르는 시골 새악씨들의 햇볕에 탄 무명같이 튼튼한 피부, 머루와 다래로 검게 변한 코코아 빛 입술, 낯선 이를 봐도 짖지도 않는 개들이 어슬렁거리는 산골의 풍경에 도시의 이미지들을 함께 펼쳐 놓았다.

그는 성천에서 지내는 동안 자신의 삶을 반추해 볼 수 있는 구체적이고도 현실적인 체험이 되었을 것이다. 서울 토박이이며 서민 중인 출신의 이상에게 산촌의 풍경은 깊은 인상의 발견이어서 그의 문학에 큰 자취를 남겼다. 도시를 고향으로 생각하였던 그에게 성천의 원시적 자연과 문명 이전의 세계는 낯선 것이었고 그 체험의 수필은 다른 장르의 작품들에 비해서도 문학적으로 뛰어난 작품으로 평가받는다. 시에서 표현했던 과격한 실험의식과 냉소주의가 아니라 산촌의 풍경을 진지하게 사물과 인간을 바라보고 있기 때문이다.

「권태」를 집필한 곳은 동경이다. 결핵으로 요양하던 성천기행의 한 연장이며 서구적 분위기가 가득 찬 동경에 환멸을 느끼고 이전의 성천을 회상하며 쓴 글이다. 권태에 대한 그의 사유와 자신의 현실 인식의 내적 자아가 가장 두드러지게 나타난 작품이라고 할 수 있다. 또 다른 그의 수필 「조춘점묘」나 「추등잡필」은 서울에 살면서 쓴 도시적 분위기의 수필이지만 이 작품 역시 이상에 대한 연민으로 가슴 시린 감동이 있다. 그는 불우한 자신의 삶과 강점기 사회의 억압된 환경 속에서 지식인으로서 허상과 환멸을 고스란히 겪어야 했던 인간 '김해경'의 모습을 볼 수 있었다.

돌

베란다 한구석에 아무렇게나 방치한 큼직한 돌 몇 개를 바라본다. 그것들은 예전에 시냇가 혹은 바닷가에서 주워 온 돌들이다. 둥글고 매끈한 돌, 거칠고 모난 돌, 모났으나 돌에 새겨진 무늬가 예뻐서 주워 온 돌들이다. 수석으로서의 가치는 전혀 없지만 한동안 돌의 매력에 빠졌던 모양이다. 어느 날은 길쭉하고 매끈한 돌을 발견하면 항아리 안에 넣어둘 누름돌로 가져오기도 했다. 작은 몽돌들은 물을 채운 옹기 뚜껑 속에서 저마다의 무늬를 빛내고 있다.

돌은 수백 년 수천 년 땅속에 파묻혀 자신의 존재를 전혀 드러내지 않고 침묵하는가 하면, 어느 날 산사태로 무너져 시냇가를 구르다가 세찬 물결에 쓸려 바닷가까지 밀려오기도 한다. 그런 돌들은 쓰임새에 따라 저마다의 이름도 다양하다. 징검돌, 누름돌, 노둣돌, 디딤돌, 몽돌, 조약돌 등 수없이 많다.

옛 여인들이 가정에서 장아찌를 담그거나 절임이나 김치를 담글 때 독의 맨 위에 꾹 눌러 두는 누름돌이 있는가 하면, 얕은 냇물을 건널 때 평평한 돌을 드문드문 놓아 사람들이 쉽게 건너갈 수 있게 한 징검돌이 있다. 또 마루 아래 놓아 디디고 오르내릴 수 있게 한 디딤돌이 있으며, 대문 밖에 큼직한 돌을 놓아 말을 탈 때 쉽게 탈 수 있도록 놓아두는 노둣돌이 있다. 현대는 이 노둣돌은 볼 수 없다. 말을 타고 이동하는 수단은 오래전 일이기에 더 이상 쓰지 않는다. 옛 선인은 하찮은 돌 하나도 그 쓰임에 따라 이렇게 다양하게 이용한 것을 알 수 있다.

서양의 조각상은 하얀 대리석으로 빛나는 완벽한 예술품이다. 마치 하얀 밀가루를 치대어 섬세하게 빚은 것 같다. 그러나 한국의 돌은 서양의 대리석보다 거칠고 투박하다. 순우리말로 '쑥돌'이라 하는 화강암은 우리나라 곳곳에 있는 흔한 돌이다. 푸르스름한 돌, 회갈색의 돌, 검은빛이 도는 돌 등 볼수록 다양한 색감에 정감이 간다.

많은 돌의 조형물 중에 석인상이 늘 나의 눈길을 끈다. 어딘지 어수룩한 모습에서 한국인의 뚝심을 본다. 코가 떨어져 나간 꺼먼 돌의 석상은 그 옛날 석수장이가 정으로 대충 쪼아서 만든 것 같다. 그러나 구수한 옛날이야기 한 자루 들려줄 것 같은 푸근함이 있다. 또 양지바른 무덤가에서 지하에 잠든 주인을 섬기듯 양쪽에 서 있는 문인석 혹은 무인석은 긴 세월 풍우에 색이 변하고 이끼가 푸슬푸슬해도 변함없이 꼿꼿한 자세로 충성을 다하고 있다.

호젓한 산길 어디쯤에서 서로 마주 보며 서 있는 거대한 석장승은 가던 걸음을 멈추게 한다. 검은색의 거칠고 투박한 장승은 뭉툭한 코와 부릅뜬 눈으로 그 길을 오가는 사람들을 보내고 맞이한다. 마치 이 마을을 지켜주는 수호신처럼 험상궂은 얼굴로 보낸 긴 세월이다. 이렇게 옛 석공이 아무렇게나 다듬은 듯 보이나 결코 쉽지 않은 한국의 석인상에서 진정한 한국인의 정서를 볼 수 있다. 전라도 화순의 운주사 입구에는 크기와 모양이 제멋대로인 이 지방의 돌로 만든 납작한 석불상이 있다. 못생긴 불상들이 줄지어 서 있는 것을 보고 싱긋 웃으며 바라보기도 했다.

석굴암의 석가상은 가장 예술적인 작품이다. 깎고 다듬는 것은 서양의 조각 예술과 별반 다르지 않으나 검푸르고 거친 돌이 자연미와 예술미의 완벽한 아름다움으로 탄생한 것이다. 신라인의 불교적 혼이 서려 있다. 돌에 생명이 있다면 영겁의 세월 속에 우리 인간의 삶을 굽어보시리라. 지그시 감은 두 눈으로 자비와 지혜를 너그러이 보여주시리라. 시인 조지훈은 석굴암 석가 상을 보면서 돌에도 피가 돈다고 하였다. 숨결과 핏줄이 통하는 신라의 이상적 인간으로 보았을까.

수많은 돌 중에서 나는 어떤 돌을 가장 좋아할까. 찰랑찰랑하게 물을 채운 옹기 뚜껑 속의 돌들은 대부분 몽돌이다. 물속에 있으면 추상적인 무늬도 선명하다. 파도에 쓸려 이리저리 구르고 서로 부딪치며 오랜 세월을 보낸 흔적이다. 그것들은 수없이 상처를 이겨낸 돌의 승리이다. 해변에 무수히 깔린 돌들이 지금은 모나고 못생겼지만 언젠가는 지순한 몽돌로 변한다.

우리 삶도 그렇다. 남녀가 처음 만날 때는 네모와 세모 혹은 칼같이 날 선 돌로 만나 서로 성격이 맞지 않는다며 모진 말로 상처를 주고 싸우다가 끝내는 갈라서는가 하면, 매번 부딪치며 싸우면서도 조금씩 양보하고 화해하며 자연스레 닮아간다. 그 모든 것을 다 이겨낸 인생의 황혼기에는 서로 애틋하게 바라보며 남은 인생을 사랑한다. 비로소 몽돌이 된 것이다. 나는 이런 노부부를 볼 때마다 인생의 아름다움을 함께 가꾼 몽돌 같은 부부라 생각한다. 어쩌면 노둣돌같이 자신 보다 상대를 위하여 받침돌이 되는 것에 삶의 참 의미가 있지 않을까. 쉼 없이 파도가 밀려와서 구르는 돌처럼 지금은 아프겠지만, 언젠가는 예쁜 몽돌로 변할 것을 믿는다. 그것이 참사랑이다.

기차, 사랑과 명작

사람들은 기차에 대한 추억을 얼마나 가지고 있을까. 멀리서 기적소리를 울리며 모퉁이를 돌아 천천히 플랫폼으로 들어올 때, 사랑하는 사람을 만나기 위해 또는 먼 길 떠났던 가족을 만나는 설렘으로 기다린다. 가슴이 벅차오르는 것은 보내는 아쉬움보다 만나는 기쁨이 더 크다. 그러나 연인과의 만남과 이별의 공간에 기차가 등장할 때는 서로가 애틋한 정서를 경험하게 된다.

우리나라도 증기기관차와 디젤기관차, 고속열차 시대까지 오면서 기차에 얽힌 이야기도 많이 있다. 사람과 물질의 단순한 이동 수단이 아니라 사랑과 낭만과 만남과 이별의 감성을 싣고 떠나는 여행으로 사랑받았다. 3등 완행열차의 추억도 잊지 못할 것이다. 시골 간이역에 기차가 잠시 멈추면 차창밖에는 삶은 옥수수나 사과나 귤이 가난한 아낙네의 거친 손에서 어서 팔리기를 소리친다. 여름 휴가를 떠나는 청춘들은 기타를 치며 노래를 불러도 아무도 탓하지 않았다. 톱밥 난로가 따스한 역 대합실에서 보내고 기다리는 사람들은 먼 풍경이 되었다.

10여 년 전 러시아 여행을 갔을 때는 여름이었다. 7월의 햇살이 뜨겁게 쏟아지는 한여름에 모스크바역에서 상트페테르부르크까지 가는 기차를 타게 되었다. 나는 먼 나라에 와서 낯선 기차를 타는 것이 좋았다. 일행들이 플랫폼에 서서 우리가 탈 기차를 기다릴 때 불현듯 톨스토이의 소설 『안나 카레니나』가 생각났다. 여주인공 안나가 이 역에서 내렸기 때문이다. 소설의 허구적 공간이지만 주위를 둘러보며 여기일까 저기일까, 잠깐 느꼈던 감회가 남아있다.

　　설원의 러시아 땅, 온통 눈 속에 파묻힌 설경 속에 기차가 하얀 수증기를 내뿜으며 플랫폼으로 들어온다. 사방에 눈과 수증기 속에 눈부시게 아름다운 안나가 기차에서 사뿐히 내린다. 그 앞에 어머니를 마중 나온 멋지고 늠름한 청년 장교 브론스키가 나타난다. 수증기가 안개처럼 자욱이 퍼지는 몽환적 공간에서 브론스키는 첫눈에 안나에게 반해 버린다. 그러나 안나의 앞날을 예견이나 하듯 역의 노동자가 기차에 치이는 사건을 목격하게 된다. 영화 <안나 카레니나>의 명장면이다.

　　미모의 귀족 부인 안나의 부정한 사랑이 러시아 귀족 사회의 허위를 드러내 주고 있다. 고위 관료인 남편과 외아들과 행복하게 살던 안나는 바람둥이 오빠에게 실망한 올케를 위로하기 위해 모스크바로 오는 길에 뜻하지 않게 브론스키를 만나 사랑에 빠지고 만다. 두 사람은 불륜의 사랑을 이어가지만 열정적 사랑의 끝에는 비극이 기다리고 있다. 결국 이룰 수 없는 사랑에 안나는 달리는 기차에 몸을 던진다.

톨스토이는 당시 소설을 집필하기 전 그의 영지에서 가까운 마을에 사는 한 여자가 달리는 기차에 뛰어들어 자살하는 사고가 있었다. 깊이 사랑했던 남자가 다른 여자를 사랑하게 된 것을 알고 비통에 못 이겨 극단적 선택을 하게 된 사건이었다. 이 사건을 계기로 톨스토이는 결혼과 사랑, 삶과 죽음, 개인과 사회라는 문제를 다루면서 세계적 명작이 탄생한 것이다.

소설 『닥터 지바고』역시 영화로도 유명하다. 내전으로 황폐해진 러시아에 기차가 자주 등장한다. 작가 보리스 파스테르나크는 러시아 사회주의 혁명과 내전을 겪으면서 당시의 참혹한 러시아 시대 상황을 적나라하게 파헤쳤다. 라라를 그토록 사랑하면서도 가족에 대한 죄의식으로 이제 다시는 오지 않겠다고 선언하는 지바고, 가족이 있는 바리키노로 가는 길에 혁명군에게 잡혀 의사로 지내다 도망쳐 온다. 매섭게 몰아치는 극한의 눈보라 속을 헤매다 라라가 있는 곳을 찾아온다. 그러나 결국 두 사람은 이별하게 되고 라라는 지바고의 아이를 임신한 채 딸과 코마롭스키와 함께 기차를 타고 떠난다. 지바고는 영원한 이별의 아픔을 라라를 생각하며 시를 쓴다. 유리 지바고의 유폐된 지식인의 내면적 연기가 돋보인 명작으로 오래 사랑받고 있다.

이탈리아 나폴리가 배경인 영화 <해바라기>도 잊을 수 없다. 입영 기차를 타고 전쟁터로 떠난 안토니오는 전쟁이 끝나도 돌아오지 않자 아내 조반나는 그를 찾기 위해 혼자 러시아로 기차를 타고 떠난다. 차창밖에 노랗게 출렁이는 해바라기꽃을 배경으로 기차는

쉼 없이 달린다. 그 아름다운 풍경 지하에는 전쟁에서 죽은 병사들의 묘지가 거대한 해바라기밭으로 변해 있었다.

남편을 찾아 헤매다 우연히 그가 살고 있는 집을 찾았지만, 그는 이미 한 가정의 가장이 되어 있었다. 거센 눈보라 속에 전쟁의 소용돌이를 겪으면서 기억을 잃었기 때문이다. 기적 소리를 크게 울리면서 역으로 들어오는 기차, 노동자로 살고 있는 안토니오가 기차에서 내리고 조반나와 극적인 만남이 있었지만, 기억을 잃은 안토니오는 그녀를 알아보지 못한다. 순간 막 출발하는 기차에 오른 조반나는 끝내 오열을 참지 못한다. 사랑하지만 이룰 수 없는 안타까운 사랑이다.

기차가 등장하는 소설과 영화는 수없이 많다. 연인들의 사랑과 이별이 있는 애틋한 정서에 많은 사랑을 받았기 때문이다. 문득 기차를 타고 그런 명작 속으로 떠나고 싶다. 온통 하얀 설원 속으로 길게 기적을 울리며 떠나는 풍경이 되고 싶다.

첫사랑

　누군가 그랬다. 첫사랑은 이루어지지 않는다고. 그러나 첫사랑이 결혼까지 가는 사람도 있다. 이 세상에 태어나서 가장 순수하고 지고지순한 사랑을 경험하는 것이 첫사랑이다. 맑고 깨끗한 시냇물같이 바라만 봐도 가슴 설레는 그런 사랑이다. 사랑이 무언 줄 모르다가 처음 이성을 알게 되어 서로 얼굴 붉히며 사랑을 시작한다. 순정한 둘만의 비밀스런 사랑이 시작되는 것이다. 첫봄 산야에 연두색으로 봄이 찾아오듯 여리고 어여쁜 아름다운 사랑을 경험한다.

　언젠가 문학동인지 특집으로 첫사랑에 대한 글을 써 달라 한 적이 있다. 그런데 나는 첫사랑의 글을 쓰지 못했다. 어느 날 우연히 두 사람이 서로가 가슴 설레며 좋아하는 것이 사랑의 시작이 아닌가. 순진한 두 사람이 서툴게 사랑을 이어가다가 아스라이 멀어진 뒤에야 아, 그것이 첫사랑이었음을 마음에 지문처럼 남는다. 그러나 나는 아무리 생각해도 나 혼자만의 짝사랑으로 끝나버린 아쉬운 추억을 과연 첫사랑이라 말해도 될까.

　저마다의 삶에는 가장 순수하고 순박했던 시절이 있기 마련이다. 그럴 때 눈뜨게 되는 이성에의 가슴 뛰는 감정을 누군들 느껴보지 않았을까. 길을 걸어갈 때 마주 오는 소년과 눈빛만 마주쳐도 얼굴 빨개지던 그런 날들을 요즘의 소녀들은 어떤 감정을 느낄까. 나의 소녀 시절도 그렇게 가슴 두근거리며 얼굴 빨개져서 고개 숙이고 지나다니던 시절이 있었으니 그 부끄러움이 지금 생각해도 슬며시 미소가 지어진다.

　어린 시절, 한동네에 사는 나보다 네다섯 살 위의 중학생 오빠가 있었다. 내가 초등학교에 다닐 때 그 오빠는 검은색 교복을 단정히 입고 모자를 꾹 눌러쓰고 매일 우리 집 앞을 지나다녔다. 의젓하고 잘생긴 오빠는 무심히 집 앞을 지나다녔고 나는 대문 밖 공터에서 친구들과 고무줄놀이나 땅따먹기놀이를 하다가 잠깐 쳐다볼 뿐이었다. 아무렇게나 하나로 묶은 긴 머리, 예쁘지도 않은 치마에 고무신을 신은 촌스런 유년 시절이다. 학교 마치고 집에 오다 만화방에서 만화책 보는 것을 더 좋아했던 날들이었다.

　그렇게 수년의 세월이 지났다. 우리 가족은 집안 사정으로 그 동네를 떠났고 그 오빠와도 멀어졌다. 그곳에서의 추억도 차츰 잊혀졌다. 훗날 열여섯 살 단발머리 중학생일 때 그 오빠를 다시 만났다. 뜻밖의 해후는 예전의 감정과는 다른 반가움이 앞섰다. 다니던 대학을 휴학하고 군에 입대하여 휴가 나왔을 때 우연히 만나게 되었다. 오빠는 검게 탄 얼굴에 씩씩하고 늠름한 모습으로 변했다면, 부끄럼 많은 나는 아무 말도 하지 못한 채 얼굴만 붉혔다. 삼형제 중 막내로 여동생이 없던 그는 나를 동생처럼 대했다. 성격이 활달하여 스스럼

없이 나를 대했다면 나는 늘 목이 움츠려졌다. 두 집안과는 서로 왕래하는 터라 휴가를 마치고 부대에 귀대할 때 가끔 우리 집에도 들렀던 것 같다. 그 무렵 나를 데리고 영화관에 함께 간 적이 있는데 외국 전쟁영화를 본 것이 처음이자 마지막이었다. 그렇게 멀어지고 나서야 생각하니 그냥 동네 오빠로 나 혼자만이 좋아했던 것 같다.

지금은 너무 멀리 와버린 세월이다. 아직도 어딘가에서 살고 있을지 모르지만, 오빠는 그때의 나를 기억할지 궁금하다. 청순한 소녀 시절 무작정 좋아하며 말로는 차마 전하지 못한 연정이라면, 어쩌면 이것도 나의 첫사랑일지도 모르겠다. 문득 그 오빠를 한 번쯤 만났으면 싶기도 하다. 그러나 덧없이 가버린 세월 속에 너무도 변해버린 두 사람은 무슨 말로 지난날을 이야기할까. 그러나 이제는 그때의 내 심정을 말하고 싶다. 오빠를 참 좋아했다고.

삼거리 고모

　사철 푸른 소나무나 혹은 어떤 나무이든 큰 나뭇가지 아래에는 잎도 꽃도 피우지 못하는 마른 삭정이가 붙어있다. 나무둥치에 붙어있으나 결코 살아있다고는 할 수 없는 죽은 나뭇가지이다. 벌써 오래전에 돌아가신 내게 한 분뿐인 고모를 생각할 때마다 이런 삭정이를 생각한다.

　어린 시절의 여름방학이란 시골의 외가로 고모네로 가서 실컷 놀다 얼굴이 까맣게 타서 돌아오곤 했다. 그것은 해마다 연례행사처럼 나를 달뜨게 했다. 어머니와 대구에서 의성읍까지 버스를 타고 가서 내리면 걷고 또 걸어야 했다. 숲이 우거진 무섭도록 고요한 재를 넘어 산길을 걸어갈 때 저 아래 밭에서 일하는 사람만 보여도 반가울 정도로 인적이 드물었다. 치맛자락 꼭 잡고 걷다 보면 밤이 되어서야 도착했던 외갓집은 호롱불이 빤한 산골의 밤이었다. 골짜기 모퉁이를 돌아야 보이는 외갓집과 달리 고모네 집은 마을 입구 삼거리 정자나무가 서 있는 길가에 있었다.

　고모는 여름방학 때 갈 때마다 언제나 아이를 업고 마당가를 서성이거나 집안일을 하시곤 했다. 흰머리가 더 많은 비녀 꽂은 머리는 오십 초반이었지만 노인이었다. 마른 체형에 수심에 잠긴 핏기 없는 얼굴로 아이를 업고 있는 모습이었다. 나를 반기면서도 그 눈빛에 수심이 깊어 보였다. 살아 있으나 삶의 활기가 없는 메마른 삶이었다.

경북 의성군 봉양면에서 나고 자라 안평면으로 시집와서 평생을 죄인처럼 살다 가신 고모였다. 꽃다운 나이에 혼인하였지만 끝내 자식이 없었다. 젊은 시절부터 늘 기를 펴지 못하고 살던 고모는 대구에 동기간들이 있어도 한 번도 나들이 한 적도 없다. 태어나서 죽을 때까지 그곳을 떠나 본 적이 없었으니 자식 못 낳은 죄인으로 얼마나 가슴에 한이 맺혔을까. 아마도 의성읍 장에나 가 본 것이 가장 멀리 떠난 나들이가 아니었을까. 결국 집안의 주선으로 논 몇 마지기에 이웃 마을에서 열여섯 살 처녀를 데려왔다고 한다. 그 이후 아이들이 줄줄이 태어난 것이다. 젊고 건강한 작은댁이 낳은 손주 같은 자식을 업고 있는 모습은 누가 봐도 시어머니와 며느리 같았다.

고모는 그렇게 몇 년을 더 사시다가 돌아가셨다. 아버지가 무척 안타까워하신 것은 바로 위 누님이라 크면서 정이 각별했던 모양이다. 그런 누님이 바깥출입도 삼가고 집안에서만 지내다 돌아가셨으니 그 아픔을 어느 누가 알아주었을까. 그런 쓰라린 애달픔을 나중에 내가 어른이 되었을 때 고모의 심정을 헤아릴 수 있었다. 기나긴 겨울밤 문풍지 우는 바람에 혼자서 웅얼웅얼 한을 풀어냈을 서러운 나의 고모, 어찌할 수 없는 여자의 일생이었다. 그 시절 자손을 낳지 못한다는 것은 그 집안에 대를 잇지 못하는 칠거지악이었다. 그러나 고모는 삶을 포기하지 않고 끝까지 자신의 자리를 지켰다. 평생 한 집안의 며느리로서 의연하게 자기 본분을 지키며 살다 가셨다. 한 점 혈육을 남기지 못했지만 시대적 상황에 순응할 수밖에 없는 삶이었다.

호수를 끼고 있는 공원에 갔다가 벚나무에 붙어있는 삭정이를 만져보았다. 어쩌다가 삭정이가 되었을까. 한 나무에서 태어난 많은 가지와 어엿한 형제이건만 제구실 못 하였으니, 시난고난 앓다가 죽어버렸을까. 살아있는 어미의 몸에 붙어있으나 살기를 포기한 생명이다. 다른 형제들은 첫봄이 오면 연분홍 꽃을 피우고 잎이 나고 물오른 가지는 하루가 다르게 푸르러 초록이 출렁이지만, 그저 바라만보다 바싹 말라버린 삭정이의 슬픔이다. 예전 같으면 나무꾼의 손아귀에 꺾여 불쏘시개로나 쓰일 뿐이다. 그래도 한 생 후회 없이 불꽃으로 활활 타오른다. 아낌없이 다 태운 후에 한 줌 재로 남을 뿐이다. 고모의 삶을 생각할 때 삭정이의 비애와 무엇이 다를까.

산골의 외사촌, 고종사촌과 함께 집 앞 냇가에서 물놀이를 하거나 소에게 풀 먹이는 산에 따라가서 놀다 보면 금세 하루가 저물었다. 방학 숙제도 내팽개치고 놀기 바빴던 나의 여름방학은 끝이 나고 있었다. 그러면 어머니는 나를 데리러 오시곤 했다. 다시 재 넘고 물 건너 걷고 또 걸어야 닿을 수 있는 버스 정류장, 한여름 투명한 햇살이 냇물에 내리면 반짝이던 그 물빛, 키 큰 미루나무 나뭇잎 흔들며 나를 배웅해 주던 그 적막한 한낮의 풍경을 잊지 못한다. 신작로 길을 버스가 달리면 뽀얀 먼지만 따라오던 그 여름날 산촌의 풍경들이 아직도 내 마음에 남아있다.

덧없이 가버린 시간은 너무 멀리 지나왔다. 지금은 외갓집 가기도 무척 쉬워졌지만 가도 반겨줄 이 아무도 없다. 길가의 고모 집은 흔적도 없이 사라지고 자동차들이 오가는 대로로 변했으며 골짜기 안 외갓집은 아직도 그 옛날을 꿈꾸며 무성하게 자란 풀 속에 잠겨있다. 우물가의 살구나무, 마당가의 감나무들도 고목이 되어 슬프게 그 집을 지키고 있다. 외가와 고모 집을 생각할 때마다 그곳에서 뛰어놀던 어린 시절을 어찌 잊을 수 있으리. 어른들 다 돌아가시자 산골의 집과 논밭도 다 두고 도시로 나가 살고 있는 형제자매들이다. 가끔 집안 경조사 때나 만날 뿐 그 옛날 즐거웠던 이야기들은 오래전에 잊었는지 일상적인 대화만 오간다.

올리버 트위스트

　장맛비가 며칠 계속 내린다. 산에도 거리에도 축축이 젖은 물기 머금은 풍경이 이따금 스치는 바람에 비릿한 물 내음과 함께 잠시 풋풋한 신선함을 느낀다. 북쪽 하늘에는 잿빛 구름들이 어디론가 떠나듯 유유히 산을 넘는다. 온종일 비에 젖은 풍경과 자욱한 비구름을 올려다보며 여름 오후를 보내고 있다. 잠시 빗줄기가 가늘어지자 우산을 들고 밖으로 나왔다. 오감에 생생하게 전해지는 비의 냄새, 바람의 느낌, 떨리는 나뭇잎들의 생기가 느껴져서 기분이 상쾌하다.

　무심히 걷다가 비 들이치는 재활용 분리수거장 안쪽에 책들이 수북이 버려져 있는 것을 보았다. 호기심에 가서 보니 '청소년 세계 문학전집'이 100권 넘게 끈으로 묶여 쌓여있었다. 아마 중고등학생이 읽었을 것 같은 그 책들을 이제는 필요 없다고 이렇게 내놓은 모양이다. 분리수거장 지붕은 있으나 옆에서 비가 들이치니 일부는 다 젖어 있었다. 나는 그중에서 찰스 디킨스의 『올리버 트위스트』상·하권을 골랐다. 오래전에 영화를 보았지만 책을 읽지 못했기에 반가웠다. 19세기 영국 런던의 빈민가에서 벌어지는 어린 소년의 가혹한 고난에 슬프고 안타까운 마음으로 보았던 영화였다.

축축이 젖은 책을 집으로 가지고 왔다. 젖은 그대로 읽었다. 눈이 피로하면 가끔 창밖에 내리는 비를 보면서 줄곧 읽었다. 거실 창문을 조금 열어두면 나뭇잎에 비 듣는 소리, 댓잎 서걱이듯 바람이 지나는 소리도 들린다. 읽으면서 눈물도 흘렸고 한숨도 쉬었다. 어린 고아가 겪기에는 너무나 처절한 삶이었다. 당시 영국 사회의 실상을 적나라하게 보여주는 어두운 삶의 이면이었다. 구빈원의 고아란 병으로 죽어도, 굶어서 죽어도 아무도 관심 갖지 않았다. 죽든 살든 아무렇게나 내던져진 가녀린 생명들이었다.

주인공 올리버는 귀족의 아들이었지만 당시 사회의 관습상 처녀가 유부남과의 사랑으로 임신하였으니 사회적 비탄의 대상이었다. 어찌할 수 없는 처지의 처녀는 임신한 몸으로 집을 나와 떠돌다 세찬 비가 쏟아지는 시골 어느 구빈원에서 아이를 출산하고 곧 사망하게 된다. 가문도 부모의 이름도 모르는 어린 올리버는 지옥 같은 구빈원에서 장례사의 집으로 팔려갔다가 런던으로 도망쳐왔지만, 또래 소매치기의 꾐에 빠져 도둑의 소굴로 들어가게 된다. 온갖 우여곡절을 겪은 후에 죽은 어머니의 여동생 즉 이모를 만나게 되어 출생의 비밀을 알게 된다.

어린 소년이 감당하기에는 너무나 큰 시련이었다. 이후 몇 번이나 죽을 고비를 당하지만 마치 신이 소년을 보호하는 듯 예기치 못한 구원의 손길들이 그를 구해준다. 착하고 순진하고 아름다운 올리버는 남을 원망하거나 미워하는 일 없이 사랑으로 사람을 바라본다. 자기에게 도둑질을 가르치는 두목이나 소매치기 아이들 속에서도 의젓하고 정직한 어린 천사였다. 노신사의 주머니를 노리는 소매치기 곁에 서 있다가 잡혀 감옥에 갇힌 자기를 구해준 노신사의 인간적인 사랑에 눈물 흘린다. 그의 집에서 맛보았던 가족의 소중함은 올리버가 한 번도 경험하지 못했던 진정한 사랑이었다.

19세기의 암울했던 영국 사회는 사회문제인 빈민 구빈법과 아동학대를 비판했다. 당시 디킨스는 이 소설을 통하여 사회악에 대한 비판 정신을 담고 있었다. 범죄가 빈번한 빈민가의 불행한 인간들의 삶을 폭로함으로서 더 나은 세상을 바랐기 때문일 것이다. 뒷골목 어두운 삶의 실상을 파헤치며 고아들의 고통을 세상에 알렸다. 디킨스는 어릴 적 가정형편으로 학교도 제대로 다니지 못했다. 어린 나이에 학교를 중퇴하고 구두약 공장에서 일하며 가정의 빈곤을 경험했기에 사회의 어두운 면을 쓰고 싶었을 것이다. 오늘날 영국의 위대한 작가로 남아있다.

7월에 만난 올리버 트위스트, 지난날 무척 감동적으로 보았던 영화였기에 며칠 계속 책을 읽었다. 마지막은 내가 언제나 좋아하는 해피엔딩이어서 마음이 따뜻했다. 이모에게 안긴 올리버는 엄마의 품처럼 행복해했다. 나는 눈물을 닦으며 흐뭇한 미소를 지었다. 안개 자욱한 런던 밤거리의 희미한 불빛처럼 가장 비참한 어린 영혼에게도 희망이 있다는 것을 보았다. 장마와 그 무더운 7월에 내 가슴은 서늘한 소나기를 맞은 것처럼 말갛게 씻기는 느낌이었다. 어디서 또 이렇게 가슴을 적시는 감동을 만날 수 있을까. 책을 덮고서도 금발의 어여쁜 소년 올리버를 생각한다. 비가 오다 그치다 하는 어두운 하늘을 바라보며 7월을 보내고 있다.

비

　입춘 지난 아침에 이른 봄비가 세차게 내린다. 이웃집 담장 가에 매화가 하얗게 핀 걸 보고 이제 봄이 가까이 오나 했는데 비까지 내려 대지를 흠뻑 적셔주니 마음조차 흐뭇하다. 빗소리는 언제 들어도 기분이 좋다. 자욱한 비구름 속에 나목을 적시고 메마른 땅은 겨울을 나는 야생의 풀뿌리에도 생명의 물로 적셔준다. 찬바람 속에 사선으로 떨어지는 비와 회색빛 풍경이 아득하다.

　비는 감상적이며 우울하며 열정적이며 생명의 축복이다. 이 세상에 존재하는 식물, 동물, 모든 물체에 이르기까지 골고루 적셔준다. 그것은 하늘에서 떨어져 차갑게 피부에 와 닿는 신선한 감촉이다. 갖가지 모양의 하얀 구름들이 유유히 어디론가 흘러가다가 어느 날 비가 되어 내린다. 회색, 검은색의 비구름에서 돌연 작은 물방울로 변신하여 지상에 내릴 때 사람의 감성을 자극한다. 그러나 가끔 재앙을 몰고 오는 비도 있다. 검은 먹구름이 빠르게 몰려오면 번개와 천둥소리로 우리를 놀라게 한다.

　비는 많은 이름을 가지고 있다. 비에다가 계절을 앞에 두면 봄비, 여름비, 가을비, 겨울비가 되니 계절마다 풍경의 독특한 색감과 낭만이 있다. 또 비에 대한 우리말도 퍽 재미있다. 이슬처럼 내리는 이슬비, 아주 가늘게 내리는 가랑비, 갑자기 퍼붓는 소낙비, 장대같이 굵고 세차게 좍좍 내리는 장대비, 거세게 퍼붓는 작달비, 볕이 난 날 잠깐 내리다 그치는 여우비, 안개보다 조금 굵고 이슬비 보다 가늘게 내리는 는개 등이 있다. 이렇게 우리말의 다양한 표현이 얼마나 아름답고 정겨운가. 비의 감성적 표현이 우리 한글에만 있는 것 같아 새삼 우리말과 우리글이 자랑스럽다.

사붓사붓 내리는 봄비는 부드럽게 마음을 적신다. 그런 봄비를 바라보면 꼭 헤어진 옛 연인이 돌아올 것만 같은 그리움이 가득 고이는 감미로움이 있다. 그래서 연인들은 봄비를 더 사랑하지 않을까. 우산 위로 톡 톡 또르르 내리는 비를 맞으며 팔짱을 끼고 걸어가는 모습을 볼 때 봄비는 사랑의 비가 된다. 가을비는 낭만이 있다. 노랗게 은행잎 깔린 거리를 우산 속에 다정히 또는 바쁘게 걸어가는 사람들을 보면 멋진 가을 풍경이 된다. 창밖에 표표히 지는 나뭇잎, 그 낙엽을 적시는 늦가을 비는 쓸쓸함과 우울과 허무를 안겨준다.

비는 지상에 내릴 때 세상의 모든 아름다운 색채를 가진 색색의 꽃에도 떨어진다. 푸른 수국의 수많은 꽃잎 위에, 매혹적인 향기의 붉은 장미꽃잎 위에, 고개 숙인 달개비꽃 작은 꽃잎에도 내린다. 초록의 잎들은 바람이 불 때마다 물방울을 후드득 흩뿌리곤 한다. 향기 품은 어여쁜 꽃송이들은 비와 바람의 심술로 머리를 떨군 채 흔들린다. 그러나 언제나 부드럽고 감성을 적시는 비만 내리는 것은 아니다. 태풍을 몰고 오는 거친 비바람이 몰아치면 거리에는 간판이 떨어지고, 나뭇가지를 부러뜨리고 굵은 둥치의 나무도 맥없이 쓰러지곤 한다.

비가 내리면 사람들은 부추전이나 파전으로 막걸리 한 잔을 생각하기도 한다. 또는 독서를 하거나 영화를 본다. 하루 벌어 하루 살아가는 노동자나 노점의 시장 상인들은 어쩔 수 없이 하루를 쉬게 된다. 그들은 그날의 수입은 없어도 하루를 온전히 느긋하게 쉬며 내일은 비가 그치기를 바란다.

영화에도 비가 자주 등장한다. <티파니에서 아침을>에서 홀리(오드리 헵번)는 가난한 현실을 벗어나 꿈같은 상류사회를 동경하지만 결혼하기로 한 상류사회의 남자는 그녀 곁을 떠나고 만다. 여러 시행착오 끝에 마침내 서로의 사랑을 확인하는 폴 바젝(조지 페퍼드)과의 마지막 장면이 가슴 뭉클한 감동을 안겨준다. 세차게 쏟아지는 빗속에서 서로 포옹하며 사랑을 확인한다. 주제가인 '문 리버Moon River'를 창가에 앉아 기타로 연주하며 노래하는 홀리의 모습이 풋풋한 아름다움을 보여준다. 영화 <매디슨 카운티의 다리> 역시 비 내리는 풍경이 있다. 짧은 만남 뒤에 서로 헤어지는 장면은 세찬 빗속의 이별이다.

창을 열고 비와 하늘을 바라본다. 2월 찬바람에 실려 오는 비는 며칠 미세먼지로 부옇던 하늘마저 말끔히 씻겨나갈 것 같다. 줄기차게 내리던 이른 봄비가 잠시 주춤하면서 자욱하던 비구름이 서서히 걷히고 산의 능선도 검게 드러났다. 시멘트 바닥에 끊임없이 물 동그라미를 그리는 파문도 점점 가늘어진다. 정원에 검게 젖어 빛나는 나목 사이로 빨간 동백꽃이 요염하다.

밤새 흠뻑 비를 머금어 축축이 젖은 들녘에는 파릇하게 새싹이 돋아오를 것이다. 가늘어진 빗줄기를 바라보며 바람에 실려 오는 매화 향기 섞인 비 냄새를 가슴 깊이 들이마신다.

춘추벚꽃

한 해가 다 저물어가는 12월 중순에 벚꽃이 하얗게 피어있다. 매서운 찬바람에 꽃잎이 파르르 떨리고 있다. 자세히 보니 며칠 한파가 지나간 탓인지 꽃이 얼었다가 녹느라 꽃잎이 후줄근하다. 동짓달 다 지나도록 저토록 마지막 열정을 위해 흰빛인 듯 연분홍인 듯 애잔하다.

춘추벚꽃, 봄과 가을에 두 번 꽃을 피운다고 붙여진 이름이다. 왕벚나무 벚꽃처럼 풍성하지도 않고 향기도 꽃도 수수해서 사람들의 시선을 받지도 못한다. 폭죽처럼 터지는 꽃의 축제 속에 끼이지도 못하고 어디 한적한 곳에서 꿈결처럼 왔다 간다. 봄에는 있는 듯 없는 듯 피었다가 저버리고, 가을 또한 잎 다 떨어진 나뭇가지에 드문드문 호젓하게 찾아온다. 초가을부터 12월까지 시나브로 피었다가 지는 꽃은 누가 알아주지 않아도 제 할 일을 다 하는 것만 같다. 계절을 잊은 듯 겨울에 핀 벚꽃을 보니 새파란 하늘 아래 홀로 애틋하다.

진해 여좌천 생태공원의 겨울 아침은 시린 찬바람 탓에 사람들의 발길이 뜸하다. 이 숲에만 들어오면 바깥의 소음들이 갇혀버린 채 고요하다. 호숫가 주변에 줄지어 서 있는 왕 버드나무는 겨울 가뭄 탓에 뿌리가 꺼멓게 다 드러났다. 지난여름과 가을 내내 물이 찰랑찰랑 가득 차 있던 호수가 모래톱이 하얗게 드러난 걸 보니 문득 물가를 걷고 싶어진다. 늘 물에 잠겨있던 고목의 왕 버들은 오랜만에 굵은 둥치를 아침 햇살에 햇빛 바라기를 하는 듯하다.

　호수는 가장자리를 빼곤 다 얼어있다. 얼음이 그리 두꺼워 보이지는 않으나 갑자기 찾아온 한파에 호수도 얼고 꽃도 얼어 사람들의 발길 드문 적막이 왠지 낯설다. 지난 늦가을에는 이 길로 얼마나 많은 사람이 다녀갔던가. 빨갛게 물든 단풍나무 숲길 따라 억새꽃이 은빛으로 흔들리던 풍경도 오늘은 스산하기 이를 데 없다. 바람이 지날 때마다 우수수 한쪽으로 눕는 소리만이 고요를 깨운다. 붉은 산 그림자 내려와 호수에 잠기던 가을 색 대신, 새끼 오리 두 마리가 추위도 잊은 채 유유히 얼음을 피해 헤엄치고 있다. 그 뒤를 어미 오리가 느긋하게 따라가고 있다. 이 적막한 호수에 가장 생동감이 넘치는 풍경이다.

　벚꽃을 자세히 올려다본다. 작은 겹벚꽃이 사랑스럽다. 세상의 꽃들은 다 어여쁘듯이 가을에 피는 벚꽃도 존재의 의미가 있다. 봄에는 왕벚꽃의 인기에 가려 아무도 봐주지 않아도 겨울까지 저렇게 여린 꽃잎을 열어 자신을 내보이고 있다. 꽃의 마음이라면 저도 세상을 향해 할 말이 있을 것이다. 늘 한 자리에 서서 수많은 사연을 들으며 슬프고 외로운 사람에게는 위로의 미소를 보내고, 병의 고통을 겪는 이들에게는 이겨내라는 메시지를 전할 것이다. 이렇게 추운 날에도 공원을 찾는 사람들을 위해 반겨주지 않는가. 공원 입구에서 '춘추벚꽃'이라는 이름표를 달고 의연히 서 있다.

여기에 오면 나는 늘 그리움을 생각한다. 멀리 떠나서는 돌아오지 않는 사람이 그렇고 결혼 후 집을 떠난 아이들을 생각하면 이 마을에서 오래도록 살았던 꿈같은 세월도 다 그리움이다. 이 동네에 사시던 선배 시인도 병이 깊어 얼마 전에 돌아가셨다. 산책하다 만날 때마다 내게 다정하게 대해주시던 선배 수필가도 어디 요양원에라도 가셨는지 통 만날 수가 없다. 지난 세월이 얼마인데 어찌 생로병사를 피할 것인가. 돌아가신 선배 시인께는 명복을, 이모처럼 언니처럼 다정하시던 선배도 어쩌면 이 동네를 떠나 자녀들 곁에서 노후를 보내고 계시리라.

호숫가를 걸으며 그리운 사람과 꽃을 생각한다. 곧 시들어 바람에 떨어지는 운명을 맞을지라도 마지막 한 송이라도 더 피우고 싶은 벚꽃을 위하여 위로의 눈짓을 보낸다. 이 숲을 지키는 수많은 나무도 묵묵히 시련을 이겨내고 해마다 조금씩 성장할 것이다. 안으로는 한 줄씩 새로 그어지는 성숙의 나이테를 두르고 봄에는 연두색 잎과 색색의 봄꽃으로 생명의 기쁨을 노래한다. 이제 겨울이 더 깊어지면 더 이상 벚꽃을 피울 수 없을 것이다. 한겨울 칼바람 속에 이 숲에 살고 있는 모든 나무에게, 새들에게, 산속에서 겨울을 이겨내는 산짐승들에게, 호수의 오리들에게 겨울이 가면 봄이 오리라고 먼 눈길로 말한다.

4

지심도 只心島

나는 지금 마음 심心 자 조붓한 길 따라 어디쯤 걷고 있을까.
붓끝 삐친 한 획 그 어느 모서리에서 마음을 생각하고 있나.
이 길 따라 섬을 한 바퀴 돌아 나오면 얼기설기한 잡념도,
과욕으로 가득 찬 마음도 비워질까. 그러고 보면 이 섬은
마음이 아픈 사람, 마음이 어지럽고 복잡한 사람, 욕심과
분노로 가득 찬 사람은 여기에 와서 걸으면서 마음을
다스리고 비우고 가라고 하는 것도 같다.
우거진 숲의 오솔길 따라 한나절 걷다 보면 몸도 마음도
맑고 가벼워지는 느낌이다. 빛과 그늘의 나뭇잎 사이로
내려앉는 흔들리는 여름빛, 그 빛을 따라 마음을 고즈넉하게
가라앉히면 봄날 동백꽃 길이 아니라도 행복이 충만하지
않을까. 저무는 여름 해가 바다에 내리는 섬에 파도는
끊임없이 철썩대며 바위에 부딪히고 또 부서져 내린다.
—「지심도只心島」에서

노르망디의 풍경 속으로

10여 년 전 여름, 처음으로 유럽 여행길에 올랐다. 한 번도 가보지 못한 낯선 곳으로 길 떠남에 가슴이 달뜨던 날이었다. 이국의 낯선 풍경들과 스쳐 지나는 많은 사람과의 만남은 분명 여행의 환상을 안겨준다. 그런 환상과 설렘을 안고 프랑스로 떠나기 위해 비행기를 탔다. 문득 우리 말 중 처음, 첫차, 첫새벽, 이렇게 '첫'이 들어간 말이 더 좋아졌다.

파리에 온 이튿날, 눈부신 여름 햇빛이 쏟아지는 거리에는 벌써 수많은 여행객으로 붐볐다. 멀리 우뚝 솟아있는 에펠탑을 바라보며 비로소 세계인이 사랑하는 도시에 온 걸 실감했다. 관광버스에 앉아 창밖을 내다보며 이제 곧 떠날 노르망디 지역의 여러 도시들을 생각했다.

프랑스 북부 노르망디 지역은 센 강이 굽이굽이 흘러와 비로소 바다에 합류하는 아름다운 곳이다. 이 지역은 파리의 떠들썩하고 웅장한 장소보다 조용한 시골 분위기의 소도시들이 더 감동을 준다. 그날 차창으로 보이는 노르망디의 풍경으로 깊숙이 들어가는 것만 같아 시선을 뗄 수 없었다. 넓게 펼쳐진 노란 밀밭의 색채와 길가의 나무들, 시골집 지붕들, 무심히 걸어가는 사람들, 가는 곳마다 흐드러진 여름꽃들이 바람에 손 흔들며 반겨주었다.

파리에서 머잖은 지베르니, 인상파 화가 클로드 모네가 살았던 집의 연못에는 수련이 가득 피어있었다. 노년의 모네는 수련을 얼마나 많이 그렸던가. 정원에 핀 수많은 꽃과 연못의 수련은 내가 처음 접한 프랑스 화가 모네의 흔적이었다. 그리고 브르타뉴 지방의 소도시 렌느, 작은 항구 도시 옹플뢰르, 해마다 여름이면 많은 여행객이 찾는 도빌은 영화 '남과 여'의 촬영지로 잘 알려져 있다. 최근 그 영화를 다시 보곤 가슴 깊이 사무치는 아련한 감동을 맛보았다. 청춘의 뜨거운 사랑 뒤에 인생의 덧없음도 보았다.

그곳 바닷가에 설치된 세계 유명 영화감독의 이름과 영화 제목이 새겨져 있어 유심히 보니 한국의 감독 이름도 있었다. 지금은 한국 영화가 세계에서 주목받는 작품으로 여러 영화상을 휩쓸고 있으니 과연 세계 속의 한국으로 우뚝 서고 있다. 길지 않은 영화예술의 뛰어난 발전이다. 그날 노르망디의 푸른 바다에 파도가 잔잔하게 밀려오는 모래톱에는 물결이 쓸려갔다 들어오기를 반복하였다. 그 바다 기슭으로 말을 타고 달리는 어느 소녀의 모습도 기억 속에 남아 있다.

소설 『마담 보바리』로 유명한 작가 귀스타브 플로베르의 고향 루앙, 모네와 쿠르베가 와서 그림을 그렸던 코끼리 바위가 있는 에드르타, 바닷가 언덕에 샤토브리앙의 무덤이 있는 생말로, 만조 시에는 섬이 되는 몽생미셸 수도원, 이 모두가 노르망디 여행의 기쁨이었다. 이 축복받은 여러 도시는 많은 이야기를 품고 있다. 소설 속에, 영화 속에 공간과 시간을 거슬러 젊은 연인들에게는 꿈과 사랑을, 중년의 여행객들은 현재의 기쁨과 추억을 안겨 준다.

'여행'이란 아주 멀리 떠나오고 나서야 삶에 대한 사랑을 확인하는 일이다. 며칠 전까지 함께 했던 가족과 잠시 두고 온 저마다의 삶을 생각하기도 한다. 인생이 덧없이 흘러가는 한 편의 드라마 같지만, 우리는 그래도 서로 애틋하게 바라보며 사랑하고 존중하며 살아야 하는 이유이기도 하다. 인생에 정답이 없다고들 하지만, 각자의 삶에서 일생을 두고 추구하는 목표와 가치관이 있기 때문일 것이다. 그러나 또 한편 어떤 갈림길 앞에서 흔들리는 모습도 있다. 이 또한 삶의 일부분이다.

그 이후로도 유럽의 여러 도시들을 여행했지만, 처음처럼 나를 강렬하게 사로잡지는 않았다. 노르망디의 잊을 수 없는 풍경들이 나를 다시 부를 것 같다. 그날 바람 부는 언덕에서 장밋빛 노을 속의 하늘과 바다를 바라보며 언젠가 다시 올 수 있기를 바랐다. 쉼 없이 흘러가는 시간 속에서, 먼 데서 찾아온 나의 발자국을 남기고 왔다. 쉬이 허물어버릴 수 없는 마음의 성 하나를 지어놓고 온 기분이다.

무진정 낙화놀이

천지에 봄꽃 흐드러지고 초록이 짙어지는 5월 어느 봄밤에 '함 안낙화놀이'가 있다. 부처님의 자비와 은덕이 가득한 사월 초파일 저녁, 무진정 아래 이수정二水亭 연못에서 꽃불의 장관이 펼쳐진다. 수많은 낙화봉에 불을 붙여 꽃비로 연못에 떨어질 때 밤하늘 별빛 처럼 무수히 쏟아진다. 사람들은 저마다 간절한 마음을 담아 부처님 께 소망을 기원한다.

수년 전, 함안낙화놀이를 보기 위해 문우들과 다녀왔었다. 해 거름 무렵부터 저녁까지 오래 기다려야 했다. 서쪽 하늘에 노을이 지고 저녁 7시가 넘자 드디어 그 어디에서도 볼 수 없었던 전통 낙 화놀이가 시작되었다. 황금색과 주홍색의 색과 빛의 향연이 신비하 고 황홀한 풍경에 숨이 멎을 것만 같았다. 바람이 불 때마다 시나브 로 꽃불이 날리다가 단번에 화르르 연못 속으로 낙화하는 순간은 봄밤의 낭만이 가슴으로 쏟아진다.

낙화봉에 불붙이는 장면도 감동이다. 이 마을 남자 몇 사람이 흰색 무명 한복 차림으로 작은 목선을 타고 연못을 돌며 설치된 줄에 매달린 3,000여 개의 낙화봉에 불을 붙인다. 타닥타닥 꽃비로 떨어지는 불꽃의 향연이 펼쳐진다. 이수정에 드리워진 왕버들 가지가 흔들리고 연못으로 낙화하는 꽃불은 신비의 세계이다. 현대의 불꽃놀이도 화려하고 아름답지만 이 전통 불꽃놀이는 우리의 소중한 문화유산이다. 조선 선조 때부터 군민의 안녕과 풍년을 기원하는 행사로 시작했다고 하니 그 옛날 어떻게 저런 낙화놀이를 하였는지 새삼 놀랐다. 참나무로 숯을 만들어 채로 걸러낸 숯가루를 광목심지와 함께 한지에 싸서 만들어 두 개를 새끼 꼬듯 촘촘하게 꼬아 낙화봉을 만들었다고 한다. 화약이 아닌 순수한 민간의 전통 제작 기법이다.

충과 효의 고장 함안은 조선의 기개와 올곧은 선비정신이 살아 있다. 그 선비정신으로 지은 무진정이 어찌 예사롭지 않으랴. 1542년 조삼趙參 선생이 후진양성과 여생을 보내기 위해 직접 지으시고 자신의 호를 따라 이름 붙인 제158호 경남 유형문화재이다. 다함이 없다는 무진無盡, 다함 없이 빼어난 경치와 즐거움이 무진한 무진정을 가슴에 새긴다. 인생사 다함이 없는 삶이란 끝없는 사랑과 열정을 담아 후회 없이 살라는 뜻인지도 모른다. 그러나 덧없이 가버리는 시간 앞에서 우리 삶이란 저마다 생의 무늬를 수놓느라 여전히 바쁘게 돌아가고 있다.

지난날 뛰는 가슴으로 바라보았던 낙화놀이가 새삼 눈앞에 펼쳐지듯 아련하다. 그 봄밤의 설렘을 어찌 잊으리오. 밤은 깊어 가는데 차마 발걸음을 떼지 못해 아쉬운 마음으로 돌아서야 했다. 한적하던 함안의 도로에는 끝없는 자동차 불빛으로 이어졌었다. 그 이후로 두어 번 더 무진정을 찾아갔지만 낙화놀이는 다시 가지 못했다. 오랜 세월이 지나도 전통문화를 이어가는 후손들이 있어 이 낙화놀이는 오래 이어질 것이다.

1890년 오횡묵 함안군수가 낙화놀이를 보고 지은 「낙화놀이」가 백삼십여 년의 시간이 지나도 여전히 그때의 감동을 전해준다.

붉은빛은 꽃이 피어 봄이 머무는 듯하고
밝음은 별무더기 같아 밤은 돌아오지 않네
혹 바람 불어 불꽃을 떨어지게 하더라도
달이야 무슨 상관있어 구름을 시샘하리요

지난 초여름, 햇살이 따갑게 쏟아지는 오후에 무진정을 돌아보았다. 녹음이 짙어가고 봄꽃들이 흔들리는 고즈넉한 풍광이 오히려 가슴을 서늘하게 했다. 축제가 끝나고 사람들의 발걸음이 뜸한 탓인지 한적한 무진정은 사람을 기다리듯 반겨주었다. 그 옛날 조삼 선생은 이 무진정 마루에 앉아 동정문 바깥을 내다보며 한가한 새소리 벗 삼아 글을 지으며 여생을 보냈을 것이다. 초여름 해가 설핏 기우는 저녁나절 연못에 일렁이는 빛과 그림자를 바라보며 언젠가 낙화놀이 때 다시 오리라 생각했다.

지심도 只心島

지심도 가는 뱃길, 아침 안개 걷히자 섬들이 다정하게 둘러섰다. 동백꽃도 없는 여름 지심도는 무엇으로 나를 반길까. 물결 넘실거리는 쪽빛 바다에 하얀 물보라가 거칠게 길을 가른다.

칠월의 바다와 섬, 뜨거운 햇볕 속에 배가 섬에 닿자 검푸른 동백 숲이 어서 오라 손짓한다. 깊고 어둑한 자드락길로 들어서자 "뾰로롱 뾰로롱, 삐쭝 삐쭝, 맴맴 매~엠" 온갖 새와 매미가 무성한 나무에서 한여름을 노래한다. 섬은 그렇게 그 자리에 오래 서 있어도 계절마다 야생의 자연으로 우리를 부른다. 동백꽃 진자리마다 풋사과처럼 윤기 흐르는 동백 씨가 바람에 출렁인다. 한 입 베어 물면 떫고 새콤한 풋사과 맛이 날 것 같다. 예전에는 이 동백 씨 기름이 머릿기름으로 여인들의 애호품이었지만, 지금은 그냥 버려지는 것인지 나뭇가지들이 휘어졌다.

몇 년 전 이 섬을 찾았을 때는 동백꽃이 한창 피고 지는 3월이었다. 차가운 봄비가 숲을 적시는 길 따라 새빨간 동백꽃이 무더기로 떨어져 내렸었다. 그 꽃 밟기가 차마 애틋하여 발걸음도 조심스러웠다. 떨어진 동백은 송이송이 비를 맞고 있는데 숲에서는 동박새가 울었다.

거제도 지심도只心島는 하늘에서 보면 섬의 지형이 '마음 심心' 자를 닮았다 하여 붙여진 이름이다. 사진 속 섬의 모양이 붓으로 멋지게 흘려 쓴 듯 그 모양이 볼수록 정감 있다. 마음을 여기 이 섬에 두고 가라는지 다 비우고 가라는지 알 수 없지만 걸으면서 마음을 생각했다. 마음의 섬에 와서 마음을 찾는다 한들 종내 찾을 리 없겠지만, 오늘만큼은 어수선한 마음 한 자락 잘 다스려 보라 한다.

마음이란 무엇일까. 볼 수도 없고 만질 수도 없다. 그러나 보이지 않으나 보인다는 역설처럼 미묘한 것이 인간의 감성이다. 누군가의 심장에 화살을 쏘아 멋지게 사랑을 이루게 하는 것도 마음이며, 눈이 맞아 서로에게 호감을 가지는 것도 마음이 먼저다. 마음이 사람의 가장 섬세한 내면의 감성이라면 사람마다 가진 감성이 다를 것이다. 그러므로 인간의 마음이란 가장 고귀하고 가장 신비한 영혼이 아닐까.

나는 지금 마음 심心 자 조붓한 길 따라 어디쯤 걷고 있을까. 붓 끝 삐친 한 획 그 어느 모서리에서 마음을 생각하고 있나. 이 길 따라 섬을 한 바퀴 돌아 나오면 얼기설기한 잡념도, 과욕으로 가득 찬 마음도 비워질까. 그리고 보면 이 섬은 마음이 아픈 사람, 마음이 어지럽고 복잡한 사람, 욕심과 분노로 가득 찬 사람은 여기에 와서 걸으면서 마음을 다스리고 비우고 가라고 하는 것도 같다.

우거진 숲의 오솔길 따라 한나절 걷다 보면 몸도 마음도 맑고 가벼워지는 느낌이다. 빛과 그늘의 나뭇잎 사이로 내려앉는 흔들리는 여름빛, 그 빛을 따라 마음을 고즈넉하게 가라앉히면 봄날 동백 꽃 길이 아니라도 행복이 충만하지 않을까. 저무는 여름 해가 바다에 내리는 섬에 파도는 끊임없이 철썩대며 바위에 부딪히고 또 부서져 내린다.

남해 남자와 생미역

음력 섣달그믐, 설을 하루 앞두고 특별한 선물을 받았다. 그것은 흔히 보내오는 과일 상자나 전통 과자 혹은 조미 김 같은 것이 아니라 방금 바다에서 갓 건져온 듯 바다 냄새 물씬 풍기는 생미역이었다. 그것도 아이스박스 한가득 그 무거운 걸 아파트 앞까지 직접 가져와서 설 인사와 더불어 내게 전해주었다.

10년 가까이 해마다 잊지 않고 생미역을 갖다주는 사람은 10여 년 전 야학에서 알게 된 제자였다. 그는 남해에서 초등학교만 졸업한 후 이곳 진해에 정착한 아주 성실한 남자다. 당시 오십을 갓 넘긴 그는 늘 공부하고 싶은 야망을 포기하지 못하다가 늦은 나이에 야학에 입학하였다. 그동안 살기에 바빠 자신을 돌아볼 여유도 없었을 것이다. 그는 젊은 사람 못지않게 의욕이 넘쳤다. 직장을 다니면서 저녁이면 하루도 빠지지 않고 일찍 나와 주경야독의 열정을 쏟는 모습이었다.

그럴 때 나는 지금 시작해도 늦지 않았으니 열심히 공부하라며 용기를 주었다. 중년 혹은 할머니들도 여러 명 계셨는데 내가 교단에 서면 마치 이제 갓 입학한 초등학생들처럼 호기심 가득한 눈으로 열심히 듣곤 했다. 내가 맡은 과목은 국어였다. 중학교 과정이라 초등학교를 졸업했거나 중퇴한 분이 대부분이었다. 그들은 어린 시절 친구들이 멋진 교복을 입고 중학교 다닐 때 집안 형편으로 진학도 못 한 채 온갖 어려움을 다 겪은 사람들이었다.

추운 날 난방도 제대로 되지 않는 교실에서 서로의 온기로 공부하던 날도 있었다. 감기로 며칠 계속 기침을 하던 나에게 따끈한 도라지 차를 끓여와 주시던 인정 많은 할머니도 계셨다. 그때 어떤 분은 자식들을 모두 남부럽지 않게 잘 키워 냈지만 정작 자신은 가정을 위해 한평생을 고생했다며 이제는 하고 싶었던 공부를 원 없이 하겠다고 했다. 그녀가 안타깝게도 암 투병 중이라는 말을 들었을 때는 인간의 의지에 숙연해지기도 했다.

그 후 어떤 사정으로 야학이 문을 닫게 되어 이들과 헤어지는 아쉬움이 있었다. 그러나 그는 계속 공부하여 중학교 졸업 자격 검정고시를 거쳐 방송통신고등학교를 졸업한 후 야간 대학에 진학하였다. 할머니 한 분도 중학교 졸업 자격, 고등학교 졸업 자격 검정고시에 합격했다며 내게 연락을 주셨다. 나는 눈물을 글썽이며 참 잘하셨다고 했다.

검푸르게 빛나는 싱싱한 생미역을 한 뭉치씩 뭉쳐서 냉동실에 넣었다. 생미역 선물을 받을 때마다 나는 감동한다. 시장에 가면 싸고 흔하지만 내게는 특별한 미역이다. 그는 남해에 본가가 있어 미역 양식장을 한다고 했다. 언젠가 지인들과 여행했던 남해는 얼마나 푸르고 맑은 청정 해역이었던가. 흰 구름 떠가는 파란 하늘과 넘실거리는 쪽빛 바다가 그지없이 아름다운 풍광이었다.

겨울철의 생미역은 무얼 해도 맛있다. 짭조름한 멸치액젓 양념장에 생미역 쌈도 맛있고 살짝 데친 새파란 미역을 갖은양념으로 무쳐도 감칠맛이 난다. 또 조갯살과 들깻가루 듬뿍 풀어 넣고 끓인 미역국은 얼마나 구수하고 맛있는가. 바다의 천연영양 덩어리인 미역은 산모들에게는 귀한 식재료이다. 예전에는 시집간 딸이 배가 불러오면 친정어머니는 잘 마른 좋은 미역을 사서 보내주기도 했다. 무탈하게 출산하고 건강하게 회복하기를 바랐을 것이다.

남해 남자와 생미역, 어느 날 야학에서 만나 이렇듯 오래 이어가는 소중한 인연도 있다. 그는 만날 때마다 "그때 선생님 덕분으로 포기하지 않고 계속 공부했습니다."라고 할 때는 비록 정식 교사는 아니었어도 더없이 뿌듯하였다. 지금은 대학을 무사히 마치고 아직도 직장인으로 열심히 살고 있다. 그때 어떤 말들을 했는지는 다 기억나지 않지만, 이들이 훗날 간절히 바랐던 꿈을 성취하였을 때 제삼자인 나보다 그들 자신의 신념과 의지가 없었다면 이루지 못했을 것이다. 그가 살면서 가슴 뜨거운 기쁨과 보람을 느낄 수 있었으니 자기 인생에서 가장 잘한 일이라고 생각할 것이다. 고향 남해를 떠나와 이곳에서 꿈을 이룬 셈이다.

고향집 앞의 하얗게 밀려오는 파도 소리 그리며 그는 오늘도 주어진 삶을 이어가리라. 아마 언젠가는 맑고 푸른 바다에서 넘실거리며 미역이 자라고 있는 남해로 돌아가지 않을까.

카페와 서점

가끔 한가한 오후 시간이면 북 카페에 갈 때가 있다. 그것도 사람들이 많이 드나드는 전망 좋은 곳보다 한적한 숲속 카페를 더 좋아한다. 숲길을 산책하다 보면 차들이 가끔 지나는 외진 도로 옆 호젓한 북 카페가 나를 부른다. 그곳에 한 두어 시간 있다 보면 숲에서 들려오는 새소리와 나뭇잎 흔드는 바람 소리에 그만 마음을 뺏기곤 한다. 책장에 꽂힌 책 중에 한 권을 골라 창가에 앉으면 마음이 느긋해지고 햇살 비껴가는 오후의 행복을 느낀다.

어쩌다 일행이 있으면 이런 조용한 북 카페는 어울리지 않는다. 커피 한 잔 마시면서 진지하게 또는 활기찬 삶의 이야기는 어딜가나 수다스럽기 때문이다. 북 카페는 모름지기 책 향기가 은은하게 배어있는 고요하고 한적한 장소면 더 좋다. 이런 곳에서는 너무 어렵고 철학적인 책보다 쉽게 읽을 수 있는 여행 서적이나 에세이집을 찾아 읽는다. 그렇게 인식하고 가끔 이용하던 북 카페는 어느 날 또 다른 발견을 하게 되었다.

12월 하순의 한파에 중요한 약속이 있어 나갔다가 너무 이른 시간이라 옆 건물의 카페에 들어가게 되었다. 잠시 몸을 녹이며 차 한잔할 생각이었다. 따뜻하고 아늑한 분위기 때문인지 아니면 점심시간 이어서 그런지 사람들이 많았다. 주변을 둘러보니 두엇이 둘러앉아 차를 마시며 담소를 나누는 사람, 혹은 혼자 책을 읽는 사람이 대부분이었다. 넓은 공간이 반으로 나뉘어 한쪽은 많은 책이 진열된 서점이었다. 젊은 남녀들이 자유롭게 책을 고르거나 서서 읽으며 각자 자신만의 시간을 보내고 있었다. 나는 요즘은 어떤 책들이 많이 나오는지 궁금하여 발길이 저절로 그쪽으로 향했다.

여느 서점이나 마찬가지로 여러 장르의 책들이 나의 눈길을 끌었다. 현대인의 필독서인 양 외국 작가의 신간 서적들과 사회의 이슈가 되는 큼지막한 제목의 책들은 맨 앞줄에 있다. 소설, 시집, 수필집, 세계여행, 요리책, 자기계발서 등 수많은 서적이 멋진 표지 디자인으로 진열되어 있다. 나도 서점에 온 김에 읽고 싶었던 책 한 권을 골랐다.

그동안 코로나19로 하늘길, 바닷길이 막혀 있다가 근래에는 여행이 자유롭게 되었다. 아직도 끝나지 않은 코로나 시대이지만 백신과 치료제로 어느 정도 안정을 찾으니 모두 여행을 떠나고 싶어 한다. 세계 여러 곳을 소개한 여행 서적이 사람들의 시선을 끈다. 세상의 그 수많은 여행지를 다 가볼 수는 없으므로 아름다운 풍경 사진과 설명을 덧붙인 책들은 매력이 있다. 물론 인터넷 정보로도 훨씬 편리하지만, 그 지방만의 독특한 풍경이 담긴 종이로 만든 책을 펴들고 낯선 세계를 간접 경험한다는 것은 분명 가슴 뛰는 일이다.

이제 세계는 챗GPT라는 인간과 기계와 대화하는 인공지능(AI)으로 놀라운 세상이 되었다. 인간의 사고 능력과 감정표현으로 문학작품은 물론 논문까지 제시해주니 인간의 지능보다 더 발달한 경지에 이르렀다고 한다. 또 다른 세계가 우리 앞에 와 있다.

그러나 때때로 천천히 책을 읽을 때 마음이 평온해진다. 너무나 인간적인 글속에서 메마른 감성이 촉촉이 젖을 때 삶의 의미가 참되게 와닿는다. 세상은 하루하루 치열하게 흘러가더라도 햇빛 비스듬히 비치는 따스한 창가에 앉아 커피 한 잔 앞에 두고 책 속으로 빠져볼 일이다. 유려한 글의 광채를 만나는 산문이나 마음에 와닿는 시를 읽으면 내면이 한층 충만해진다. 현대는 빠르게 변화하는 시대 속에 살고 있지만 그래도 왠지 책 읽는 사람들이 더 많아졌으면 하는 바람이다. 따스하고 정겨운 아날로그의 감성이다.

오늘 우연히 카페에 들렀다가 이런 서점이 있는 공간이 마음에 들었다. 공간의 지배는 차와 책과 사람이었다. 연말이라 입구에는 크리스마스트리가 반짝이고 곳곳에 꾸며진 원색의 장식들이 한 해가 저물어가는 아쉬움과 더불어 내 마음도 이런저런 감회가 깊었다. 어둑하면서도 온화한 빛이 가득 고인 그 카페에 서점이 있어 다시 가고 싶다. 카페 속의 서점이 더 많이 생겨서 차와 책이 잘 팔리는 그런 날들이 이어졌으면 좋겠다.

약속된 일정을 끝내고 바깥에 나오니 구름 한 점 없는 새파란 하늘에 철새들이 줄지어 산을 넘고 있다. 어쩌면 따스하게 겨울을 날 보금자리를 찾아 날아가는 모양이다. 중부지방에는 폭설이 내려

온통 하얀 눈 속에 파묻힌다는데, 여기는 눈도 비도 오지 않는 한파에 맵찬 바람만이 빈 나뭇가지를 흔들고 지나간다.

나무

한여름 무더위가 한풀 꺾이자 아파트 울타리 안의 벚나무 가지들이 전기톱으로 무참히 잘리고 있다. 이른 봄부터 벚꽃이 가지마다 출렁이던 수려한 나무들이 아닌가. 그 나무에서 지저귀던 맑고 청명한 새소리에 취하기도 하고 하얗게 벚꽃이 피고 지는 풍경을 흐뭇하게 바라보던 지난봄도 생각났다.

수북이 쌓인 나뭇가지 옆을 지나다가 관리 직원께 여쭈었다. 벚꽃도 풍성하게 피는 아름다운 이 나무를 왜 매년 그렇게 잘라내느냐고 했다. 아저씨는 나를 힐끔 쳐다보더니 뭘 모른다는 표정으로 말씀하시는 것이었다. 자잘한 꽃나무들은 상관없지만 큰 수목들은 너무 크게 키울 수 없다고 하셨다. 지하에 주차장이 있어 두꺼운 시멘트 바닥 위로 흙을 덮었지만 왕성하게 성장하는 이런 벚나무들은 사방으로 뻗으며 침투하는 뿌리의 번식력이 위협이 된다고 하시는 게 아닌가. 아름다운 정원의 숨겨진 뒷모습이었다.

지상에는 자동차를 한 대도 주차할 수 없는 공간에 어린이 놀이터, 쉼터, 분수대, 그 주변으로는 철 따라 피고 지는 꽃들이 풍성했지만, 그런 이치는 잘 알지 못했다. 갑자기 우듬지부터 잘려 나간 벚나무가 안쓰러웠다. 매미들이 무성한 나뭇잎 사이에서 줄기차게 사랑의 노래를 불러주던 나무의 행복이 아니던가. 마음껏 뿌리내리고 푸른 하늘을 보며 쑥쑥 자라고 싶을 것이다. 해마다 나이테만 더해 갈 뿐 멋진 나무의 모습은 더 이상 기대할 수 없다.

　수년 전 이 신축 아파트 정원으로 나무들이 실려 왔을 때는 묘목이거나 뿌리를 싸고 있는 황토를 새끼줄로 칭칭 동여맨 여러 수목이었다. 소나무, 배롱나무, 벚나무, 동백나무, 키 큰 종려나무 등 수종도 다양했다. 낮은 울타리 따라 장미 묘목도 심겼다. 저 어린나무들이 언제 자라 예쁜 꽃들을 피울까 싶었는데, 첫 해 겨울을 힘들게 넘긴 후에는 빠르게 성장하였다. 어린 가지에 꽃이 엉성하게 피더니 이제는 계절마다 색색의 꽃들의 축제다.

　겨울에는 동백꽃이 있다면 봄부터는 분홍의 영산홍과 수수꽃다리가 핀다. 5월에는 빨간 장미가 울타리 따라 고혹의 향기를 뿜어내는 풍경에 가슴이 설렌다. 초여름 치자꽃의 달콤한 향기가 하늘로 올랐다. 그런 꽃들은 약간의 가지치기로 정원을 가꾸지만 사정없이 잘린 벚나무 가지들이 트럭에 실려 가는 모습을 볼 때 나무에게 미안하였다. 도로의 가로수 벚나무나 다른 수목들도 해마다 가지치기를 하지만, 사람이 사는 환경에 맞추느라 나무들도 적응해야 하니 어쩔 수 없는 나무의 삶이다. 수필가 이양하는 그의 수필「나무」에서 나무는 덕을 지녔다고 하였다. 주어진 분수에 만족할 줄 안다고 한다. 사람들이 가지를 치거나 베어가도 묵묵히 겸허히 다 받아들이니 나무야말로 현인이라 하였다. 그러나 정작 나무는 아픔의 눈물을 감추고 있을 것만 같다.

예전에 살던 주택의 마당가에 대추나무와 모과나무 묘목을 사다 심은 적이 있다. 유실수를 가꿔보고 싶은 욕심에 좁은 터에 두 나무를 나란히 심었더니 처음에는 둘이 잘 자라는 듯했다. 새로운 흙에 뿌리를 내리느라 몸살을 했겠지만 그런대로 잘 크는 듯했다. 그러나 이태를 넘기자 대추나무는 빠르게 성장하는데 모과나무는 영 크지를 못했다. 자세히 보니 대추나무의 위세에 눌려서인지 주눅이 든 듯 힘을 쓰지 못했다. 곧이어 대추나무는 알이 굵은 대추가 주렁주렁 열리기에 오며 가며 따먹는 재미도 있었다. 그러나 모과나무는 분홍 꽃만 몇 송이 피울 뿐 몇 해가 가도 모과는 열리지 않았다.

대추나무는 마당가에 쏟아지는 햇빛과 바람과 비에 빠르게 성장할 때 모과나무는 대추나무에 가려서인지 늘 비실비실했다. 옛말에 계모 밑에서 크는 자식은 아무리 먹어도 살이 찌지 않는다고 한다. 찬밥 한 덩이에 된장으로 밥 먹어도 저를 낳아준 엄마가 사랑으로 다독이면 못 먹어도 얼굴에 생기가 돈다. 모과나무도 그런 모양이다. 옆에서 구박하지는 않아도 햇빛 한 줌도 내어주지 않는 대추나무는 저만 살겠다고 하늘로 크게 오르지 않았던가. 그렇게 모과나무는 몇 년을 버티지 못하고 죽어버렸다. 그런데 혼자 잘 크던 대추나무도 어쩐 일인지 시름시름 앓기 시작했다. 모과나무가 떠나고 몇 년 후 결국 대추나무도 더 이상 대추가 열리지 않았다. 참 이상하였다. 나는 그 두 나무를 보면서 사람과의 관계를 생각했다. 죽은 대추나무를 뽑아낼 때 마음이 아팠다.

　　여기저기 흩어진 나뭇잎들을 보며 걷는다. 봄날의 연분홍 벚꽃과 수수꽃다리꽃, 여름의 검푸른 나뭇잎과 가을의 붉게 단풍 드는 시간들, 그리고 서늘한 바람에 우수수 나뭇잎 지는 늦가을의 정취, 그 모든 것을 저 나무는 겸허히 받아들이고 빈 몸으로 겨울을 보낸다. 비록 가지들은 무참히 잘렸지만 위태하게 지하의 시멘트 바닥까지 뿌리를 내려야 한다면 주어진 환경에 맞추어 생명을 이어가리라. 그리고 자연에 순응하듯 가고 오는 계절을 잘 견딜 것이다. 지금은 못생긴 나무로 섰어도 내년 봄에는 또 찬란하게 꽃을 피울 것이다. 제 몸 이곳저곳을 다 잘리고도 태연히 무심하게 서 있는 벚나무들을 올려다보며 가만히 손으로 쓰다듬어주었다.

못생긴 아귀

겨울 바다에 칼바람이 몰아치고 작은 고깃배가 흔들리고 있다. 그 추운 날 부부가 모자와 목도리, 마스크를 하고 연신 그물을 올리는 모습을 TV 화면으로 보고 있다. 해마다 겨울이 오면 거제도, 통영, 진해 앞바다에는 대구, 물메기, 아귀 같은 큰 물고기들이 그물에 줄줄이 올라온다. 특히 대구나 물메기는 겨울 한철 맛있는 보양식이다.

그중에 회갈색으로 미끈하게 잘생긴 대구가 단연 인기가 있다. 언젠가 대구를 인공 수정하여 치어를 다시 바다로 보내는 걸 보고 연어가 모천을 찾아오듯 저 대구도 이곳 남쪽 바다를 잊지 않고 찾아올 것이라 믿었다. 어쩌면 어린 치어는 고향의 바람과 바다 냄새, 바다의 온도를 기억하곤 이곳으로 내려올 것이다. 물메기는 이 지방에선 '메거지'라고도 한다. 흰 살 생선으로 살이 물컹해서 좋아하지 않는 사람도 있지만 추운 날 뜨끈한 탕으로 끓여 먹으면 아주 담백하고 맛있다.

거제도 앞바다에서 부부가 건져 올린 그물에는 대구, 물메기,

아귀가 퍼덕이고 있었다. 그중에 큰 아귀도 여러 마리 잡혔는데 나는 단번에 그 못생긴 아귀에 관심이 쏠렸다. 커다란 입과 이빨이 사납게 생긴 걸 보고 한번 물면 절대로 놓아주지 않을 것 같았다. 경상도에선 '아구'라고 하는 이 생선은 몸 전체보다 입이 커 보인다. 배에서 어부들이 아귀를 잡아 올리면 각별히 다루지 않으면 물리기 십상이란다. 그 못생긴 아귀가 요즘은 귀한 대접을 받는다. 예전에는 그물에 걸려 올라오면 워낙에 못생겨서 바로 바다에 내 던지면서 '물텀벙이'라고 불렀다고 하니 과연 물고기 중에 못생김은 단연 1위를 할 것 같다. 그렇게 천대를 받다가 언젠가부터 아귀도 맛있는 생선으로 알려졌다.

아귀라 하면 단연 아귀찜이 유명하다. 꾸덕꾸덕하게 말려서 조리하는 아귀찜은 식감이 쫄깃해서 맛있지만 생아귀찜도 신선해서 맛이 일품이다. 큼직하게 토막 낸 아귀와 콩나물을 넣고 고춧가루, 마늘을 듬뿍 넣어 얼큰하게 조리한 아귀찜은 이마에 땀이 송골송골 맺히도록 맛있게 먹는다. 마산 오동동 아구찜 거리는 지금도 많은 사람이 찾는다. 오래전부터 오동동 아구찜이 워낙 유명해서 '할매아구찜'이라는 상호도 여럿 있다. 아귀로 찜만 하는 것이 아니라 아귀탕, 아귀수육, 아귀회도 즐겨 먹으니 버릴 게 없을 정도로 이빨, 쓸개만 빼곤 다 먹는다고 한다.

아귀탕은 국물이 맑고 시원해서 해장국으로도 그만이다. 못생겼다고 버려지고 천대받았던 아귀가 우리 식탁에서 이렇게 귀한 대접을 받고 있다. 이제는 갓 잡은 싱싱한 아귀도 꽤 비싸다. 요즘같이

151

추운 날 대구나 아귀를 한 마리 사 와서 고춧가루 넣지 않고 무와 파 마늘만으로 한 냄비 끓이면 다른 반찬은 필요 없을 것 같다.

그러나 아귀처럼 못생겼든 대구처럼 잘 생겼든 한번 그물에 걸려 올라오면 사정없이 내동댕이쳐져 숙명처럼 생을 다 한다. 생선을 좋아하는 사람들의 입맛을 위해서는 추운 날도 아랑곳없이 바다에 나와 고기를 잡는다. 요즘은 중국에서 어선들이 불법으로 넘어와 어린 물고기들까지 싹쓸이로 잡는 바람에 바다의 보물인 수많은 어종도 점차 줄어들고 있다고 한다. 못생긴 나무는 산을 지키고, 못생긴 돌은 발에 차여도 가져가지 않지만, 못생긴 아귀는 더 많이 잡으려고 애쓴다.

세상에는 모든 사물과 생명도 천차만별이다. 어딜 가나 아름다운 꽃과 향기가 진동하지만, 못생긴 꽃과 모과도 있듯이 못생긴 고기도 바다에서 유유히 다닌다. 그래도 그 맛은 알아주니 홀대하고 대접받지 못하다가 그 진가를 알아준 것이다. 그러나 과일이나 채소들은 흠이 있으면 따로 밀려나 더 싸게 팔린다.

TV 화면에서 퍼덕이는 아귀에 정신이 쏠려 한참을 보다 보니 온갖 생각을 다 하고 있다. 매서운 바람과 넘실대는 파도에 흔들리는 배 위에서 고생하는 부부는 어느새 입가에 미소가 가득하다. 연신 올라오는 대구와 물메기에 기분이 좋은지 힘든 줄도 모르는 표정이다. 대구는 해마다 12월이면 남해안으로 내려와서 다음 해 2월까지도 잡혀서 어부들에게는 큰 수입이 된다. 그러나 항상 고기가 많이 잡히지는 않을 것이다. 때로는 거센 파도와 세찬 비바람에 가습 졸이며 항구로 돌아오기도 할 것이다.

　　그날 고기잡이 부부는 언제나 함께 바다로 나와 하루를 보낸다고 한다. 그래도 행복하다고 한다. 어쩌면 이 부부는 고생하며 살아온 세월만큼 아이들 공부도 다 끝내고 출가시켜 지금은 서로를 아끼고 사랑하며 여생을 보낼지도 모른다. 행복의 기준을 이 부부는 바다에서의 삶에서 너무나 소박하게 기쁘게 풀어놓는다.

친구

몇 년 만에 친구를 만나고 와서 혼자 바닷가에 왔다. 벚나무가 줄지어 선 한적한 도로를 끼고 차창으로 내다본 여름 바다는 하늘과 바다가 서로 맞닿은 듯 어두운 회색이다. 장맛비가 오다 그치다 하는 적막한 풍경에 크고 작은 섬들 위로 비안개가 자욱하다. 아담한 포구를 낀 마을은 날씨 탓인지 인적이 드물다. 줄로 묶어둔 작은 고깃배가 출렁이는 물결에 흔들리고 하얀 파도가 쉼 없이 철썩이며 다가와 부서지며 모래톱으로 스며드는 풍경을 오래 바라보고 있다.

친구는 몇 년 전부터 암 투병으로 힘들게 버티고 있다는 소식을 듣고도 서로 만나지 못했다. 전 세계를 두려움에 떨게 했던 코로나 팬데믹 상황으로 병원은 물론 그녀의 집에서도 만날 수 없었다. 대구에서 서울을 오가며 항암치료를 여러 번 하고 있다는 소식만 전화로 간간이 들려줄 뿐이었다. 그녀는 처음 얼마 동안은 친구들의 전화도 받지 않았다. 그만큼 마음의 충격이 컸던 만큼 혼자서 고통을 이겨내고 있었다.

그러던 중 서울의 병원에서 항암치료를 하고 내려오는 날 동대

구역에서 잠깐 얼굴만이라도 보기로 했다. 그날 함께 모인 친구들과 서로 끌어안으며 반가움과 슬픔에 가슴이 벅차올랐다. 그동안 치료 받느라 살이 빠져 헐렁해진 옷차림과 염색하지 않은 머리와 퀭한 눈빛에서 예전의 활기차고 건강하던 모습은 어디에도 없었다. 늘 자신감이 넘치던 친구가 아니라 한없이 작아진 모습이었다. 우리는 부둥켜안고 왈칵 눈물을 쏟았다. 슬픔을 감추려는 듯 무심하게 웃는 그녀에게 우리가 해줄 수 있는 말은 그저 힘내고 잘 이겨내라고 할 수밖에 없었다. 그동안 만남을 줄곧 거부했던 것도 상처받을 자존심 때문이었을 것이다.

사실 그녀의 남편도 갑자기 뇌졸중으로 쓰러져 치료받고 있다고 했다. 친구도 암 투병으로 힘든데 남편마저 불편한 몸으로 재활 치료를 해야 하니 얼마나 기가 막힐까. 배우자를 위하여 극진히 보살펴야 하지만 친구 부부는 그렇게 할 수 없는 처지가 안타깝다. 자식들도 제 살기 바쁜 세상에 아픈 부모를 위하여 어떻게 해야 할지 뾰족한 수가 없을 것이다. 매일 요양보호사가 다녀간다고 한다.

우리 삶이란 미래의 일은 누구도 예측할 수 없다. 긴긴 인생에서 희로애락과 생로병사가 따르기 마련이며 아무도 피할 수 없는 죽음이라는 강도 건너야 한다. 현대의 뛰어난 의학 발달로 생명의 시간을 늦출 뿐 삶의 저 끝에는 항상 죽음이 기다리고 있다. 그럼에도 불구하고 많은 사람은 주어진 삶에 꿈과 희망과 미래를 위하여 최선을 다한다. 질병과 죽음에 대한 두려움이 아니라 매 순간 열심히 살 뿐이다. 오늘을 살고 있는 현대인의 보편적 일상이다. 친구 부부가 몇 년 사이에 그렇게 깊은 나락으로 떨어질 줄 누가 알았겠는가. 그럼에도 남은 삶을 위해서는 치료를 계속할 것이며 그녀의 남편 역시 삶에 대한 의지로 삶의 끈을 놓지 않으리라.

　　마음이 울적하여 찾아온 바닷가, 철썩이며 끊임없이 밀려왔다 쓸려가는 하얀 파도가 해주는 말은 '괜찮아, 삶이란 다 그런 거야.'였다. 수없이 부딪치고 깨어지고 부서져도 다시 잔잔해지는 바다에서 기댈 곳은 묵묵히 다 받아주는 커다란 바위가 아니던가. 그 모든 상처를 다 품어 안고 썰물이 가면 밀물이 오듯 아픔도 다 지나가리라고 말하는 듯하다. 친구 부부도 동굴 같은 어둠 속에서 한 줄기 빛을 찾아 다시 일어서리라. 서로를 위하여 먹먹한 가슴을 위로하듯 애틋하게 바라보며 이 고통을 이겨내길 빌 뿐이다.

타인의 고통

    오늘날 사람들은 타인의 고통을 얼마나 깊이 이해하고 있을까. 전 세계는 여러 형태로 인간의 삶을 파괴하고 생명을 앗아가는 심각한 고통을 안겨주고 있다. 전쟁을 비롯하여 각종 테러와 재난과 질병으로 인간의 고귀한 삶을 뿌리째 흔들어 놓고 있기 때문이다. 참혹한 전쟁에서 사랑하는 아들, 연인, 남편을 잃어야 했으며, 부상으로 돌아온 병사는 평생 휠체어에 의지한 채 고통 속에 살아가는 전쟁 피해자도 많이 있다. 총알이 빗발치는 전장에서 적군을 죽여야만 내가 산다는 절체절명의 순간을 수없이 겪고 난 후에 그들이 언덕과 계곡에서 쓰러져 간 전우를 보았을 때 가슴에 커다란 상처를 남겼을 것이다. 종교나 이데올로기 정치 이념에 의해 건물이 파괴되고 무고한 시민과 어린아이조차 보호받지 못하고 희생된다.

    끊임없이 이어져 온 전쟁은 우리 인류의 최대 과제가 아닐까. 전쟁의 참화는 막을 수 없는가. 이것이 현대사회의 화두이지만 여전히 전쟁을 위한 핵을 개발하고 신무기를 개발하고 화학 무기까지 개발하고 있다. 영토 분쟁도 끊임없이 이어지고 있다. 올해로 71주년이 되는 6·25전쟁과, 베트남 전쟁은 우리의 많은 젊은이가 희생되었다. 전쟁을 몸소 겪어보지 못한 세대는 전쟁의 무서운 재앙을 절실하게 생각하지 않을 것이다. 지금도 세계 곳곳에서 일어나는 전쟁은 잔혹한 폭력을 일삼고 있다.

버지니아 울프는 용감하게 전쟁에 반대해 온 작가다. 『3기니』를 출판하여 전쟁의 근본 원인을 성찰하였지만 환영받지는 못했다. 전쟁이 남성 중심으로 이루어진다며 전쟁을 비난하였다. 희생자들을 찍은 사진을 통해서 사람들의 마음을 흔들어 놓기에 충분했다. 전쟁 폭력 반대의 초점은 바로 타인의 고통을 말하려 했다. 참혹한 전쟁을 직접 경험하지 못한 전 세계 사람들이 타인이 고통받는 수많은 이미지를 직시하며 진지해지기를 기대하였다.

지금 전 세계는 질병의 고난을 겪고 있다. 시작이 있으면 끝도 있겠지만 2년이 다 되어가는 지금 끝이 보일듯하다가도 다시 변이 바이러스로 긴장 상태가 이어지고 있다. 코로나19라는 사상 유례가 없는 새로운 바이러스의 출현으로 전 세계 지구촌에 이렇게 타격을 줄지는 아무도 몰랐다. 처음 중국에서 시작된 질병의 고통은 작년 2~3월에 이탈리아가 가장 심각하게 타격을 입었다. 그렇게 도시의 침묵 속에서 병상에 누워있는 사람들은 사랑하는 가족의 얼굴도 보지 못한 채 죽어갔다. 병상을 지키는 의료인들은 그렇게 속수무책으로 사망자를 지켜봐야 했다. 교회 안의 마루에는 시신이 담긴 관들이 장례 순서를 기다려야 했다. 묘지가 부족해 시신을 쌓아둔 채 기다려야 했고 섬이든 야산이든 가리지 않고 그들을 묻었다.

그들은 누군가의 사랑하는 남편이었으며 누군가의 아내였으며 누군가의 어머니, 아버지, 형제였다. 마지막 임종의 순간에도 곁에 있을 수 없었으며 전화조차 할 수 없었다. 산소 호흡기를 쓰고 중환자실에서 가족의 품으로 돌아오지 못한 채 영원한 이별을 했다. 이렇게 그들의 고통을 매스컴을 통해서 바라볼 때 그저 연민과 동정으로 바라봐야 했다. 곧바로 우리나라도 큰 고통에 휩싸이고 말았으니 내 가족 내 이웃에게 닥쳐 코로나와 싸우는 대혼란의 시간을 지나왔다.

이 질병은 세계적 팬데믹 현상으로 선진국·후진국 가릴 것 없이 막대한 피해를 안겨주었다. 삶의 희망을 놓아버린 사람들, 하루 벌어 하루 살아가던 저 소득층 국민은 질병의 고통보다 가족이 굶는 것을 더 절실한 고통이라고 호소했다. 인간의 기본적 삶도 보장받을 수 없는 굶주린 눈동자는 인류의 또 다른 재앙이 부른 현실이다. 그러나 솔로몬의 말처럼 '이 또한 지나가리라' 했으니 언젠가는 희망의 날이 올 것이다. 백신 접종률이 높은 선진국들은 속속 '위드 코로나'를 선언하고 있다. 시간이 지남에 따라 고통의 시간은 차츰 잊히고 저마다의 삶에 다시 희망에 찬 미소가 돌아오길 바랄 뿐이다.

인간은 어떻게 살아야 하는가? 수많은 질문과 답 앞에서 그저 겸허해지는 마음이다. 사람들은 하루하루를 소중히 여기라고 말한다. 사랑했던 사람을 잃은 후에야 그 사람의 소중함을 깊이깊이 아프게 인식할 뿐이다. 언제 어느 순간 느닷없이 자연재해나 사고가 발생한다. 사고로 인한 신체적 고통이든 질병에 의한 고통이든 누구나 올 수 있는 이 시대에 타인의 고통을 그저 연민으로 바라볼 수밖에 없는 일일까. 그럼에도 불구하고 우리는 위기를 극복하고 슬기롭게 헤쳐나가야 한다. 너나없이 서로 아끼고 사랑하며 이 세계의 중심인 인간으로서의 참된 삶을 살아야 하지 않을까. 오늘도 나는 멀리 또는 가까이에서 일어나고 있는 각종 재난과 전쟁과 사고와 질병으로 고통을 겪고 있는 사람들의 모습을 매스컴을 통해서 진지하게 바라볼 뿐이다.

봄날의 일기

4월이 오자 아파트 정원에는 벚꽃, 수수꽃다리, 영산홍, 화단에 자잘한 하얀 꽃들까지 꽃과 나무들의 봄빛이 풍성해졌다. 이런 날 아파트 둘레길만 걸어도 봄꽃 향기에 취한다. 새들이 짝을 찾는지 유난히 새소리가 요란하다. 나무들 사이로 날아다니며 사랑의 구애를 하듯 저들끼리 수다 떠는 모습이 꼭 아름다운 봄이 왔노라고 노래하는 것 같다.

집 가까이에 산이 있어서인지 이름 모를 산새부터 박새, 곤줄박이, 참새, 까치, 까마귀까지 매일 우리 동네를 찾아온다. 참새 무리들이 오종종 앉아서 먹이를 찾고 있으면 나는 곡식이나 비스킷 부스러기를 던져준다. 그러나 겁이 많은 참새들은 발걸음 소리만 듣고도 우르르 줄행랑을 친다. 반면 까치나 비둘기들은 내 발밑까지 다가와서 던져준 쌀을 쪼아 먹는다. 새들도 서열이 있는지 덩치 큰 놈이 어린 비둘기를 내쫓기 일쑤다.

그중에 까마귀란 놈은 곡식을 잘 먹지도 않으면서 나뭇가지에 떡 버티고 앉아 있다가 냅다 내려와서 새들을 다 쫓아 버린다. 나는 화가 나서 "너는 왜 맨날 힘없는 새들을 괴롭히냐"며 발로 위협을 주곤 했다. 까마귀는 나를 힐끔 쳐다보더니 나뭇가지 위로 날아가선 모른 체 "까악! 까악!" 목청 높이며 노려본다. 아마 자기에게도 무슨 먹이를 주길 바랐지만, 주지 않으니 심술이 난 모양이다. 그렇게 새들과 싸움도 하면서 봄날의 하루를 보낸다. 지나가던 경비아저씨가 싱긋 웃으며 새와 나를 쳐다본다. 바람은 더욱 부드러워지고 벚꽃이 하얗게 꽃눈으로 휘날리는 나무 아래서 가뭇없이 날아가는 꽃잎을 바라본다.

어느 날 산책을 하느라 집 앞 도로를 걷고 있을 때 누군가 내 뒤통수를 '탁!' 치는 것이 아닌가. 깜짝 놀라 얼른 뒤를 돌아보았지만 나를 놀라게 한 사람은 없었다. 이상하다 생각하며 자세히 주변을 보니 나를 치고 달아난 범인은 바로 까마귀였다. 그것도 두 번이나 머리를 세게 치고는 바람을 일으키며 휙 날아서 바로 옆 벚나무 가지에 앉는 것이 아닌가. 마치 나를 기다리고 있었다는 듯이 머리를 때리곤 나뭇가지에 떡 버티고 앉아 째려보는 것이었다. 순간 겁이 나서 냅다 뛰었다. 무심결에 두어 대 얻어맞곤 어안이 벙벙해서 할 말도 잊었다. 까마귀가 영리한 것은 알았지만, 가끔 혼내는 것을 어떻게 알고 복수를 하는 것인지, 아니면 그냥 아무나 뒤통수를 치고 달아나는지 알 수 없었다. 그래도 왠지 도둑이 제 발 저리듯 나에게 복수를 하는 것만 같았다. 새한테 얻어맞기는 생전 처음이다.

새도 생각을 하는지 모르겠지만, 까마귀에게 뒤통수를 맞고 깨달았다. 힘없는 새라고 얕잡아 보지 말라는 뜻이 아닐까. 먹이 조금

던져주고는 의기양양하며 그렇게 차별하는 것이 아니라고 나무라는 것 같다. 말 못 하는 새라고 발로 윽박지르며 내쫓을 건 없지 않으냐며 행동으로 보여준 것도 같다.

동물의 세계에 약육강식이 있다면 우리 사람 사는 세상도 이와 비슷하지 않을까. 약자가 있으면 강자가 있게 마련이다. 부와 명예와 권력을 다 가지고도 더 오르려고 하는 사람들이 있는가 하면 아무것도 내세울 것이 없는 사람들은 그저 성실히 정직하게 살고 있다. 일생 평범하게 살아도 누구를 원망하거나 미워하지 않고 자신에게 주어진 삶에 최선을 다한다.

우연히 까마귀에게 일격을 당한 후 새들에 대한 공평하지 못한 나의 인식을 다시 생각하게 되었다. 그렇다면 앞으로는 새들의 먹이를 챙겨주는 것보다 스스로 먹이활동을 하도록 그냥 두는 것이 더 나을지도 모르겠다. 아름다운 자연 속에서 인간과 동물이 함께 삶을 이어가듯 저마다 주어진 삶을 사랑하며 더 성숙한 사회가 되길 꿈꾸는 봄날이다.

해
설

감성 수필의 너그러움이
빛나는 세계

이성모 (문학평론가·창원시김달진문학관장)

감성 수필의 너그러움이
빛나는 세계

이성모 (문학평론가·창원시김달진문학관장)

1. 들어가며

신태순의 수필은 단아端雅하다. 글의 내용은 일상생활에서 마땅히 행하여야 할 바른길을 말하나, 독자들을 자기중심적 사유로 깨우치려 들지 않는다. 수필은 작가의 실제 생활 경험이나 사실과 생각을 독자에게 이야기함으로써, 독자들 역시 깨달아 알게 하는 교술敎述 장르로서 성격이 크다. 이때 유념해야 할 것은 글감의 대상이나 세계를 객관적으로 묘사하고 설명하는 교술성의 경계를 아슬하게 잘 지켜야 할 일이다. 지나치게 가르치려 들면 작가가 세상의 진리를 깨우친 현자賢者가 된다. 어질고 총명하여 성인에 다음가는 사람이다. 모든 것을 손바닥처럼 들여다보는 작가가 자기만이 옳다고 믿고 행동하는 독선을 범하는 찰나, 제 잘난 체하는 글을 쏟는다. 인간답게 살 도리를 말하려다 어긋나고 막된 무도無道한 일을 서슴지 않는다.

신태순은 현자처럼 말하지 않고 아이처럼 말한다. 진리를 깨우쳤다고 앞세우기보다 모자람이 많았던 자신을 탓한다. 푸념과 넋두리가 아니라, 발가숭이 아이처럼 잘못한 눈과 귀를 가리고 함박웃음을 터뜨리는 천진성을 지녔다. 어제 잘못한 일은 내일 잘할 수 있는 일이 되었으니, 그만하면 되었다. 따라서 애써 꾸미거나 거짓이 없고 까다롭지 않아 수월하고 무던하다. 마땅히 글솜씨에 능란한 말씨를 앞세우거나 뜻밖의 사실이나 사건을 이상하고 신기한 듯 공교工巧하게 마무리 짓는 수필을 쓰지 않는다. 글을 부리는 태도가 말끔하여 단정하다. 티 없이 맑고 환하게 깨끗하여 이슬바심 끝에 건져 올린 새벽 빛살과 같다. 신태순답게 수수하게 빛나는 순간이다.

2. 상응의 감성 수필

신태순의 수필은 감성적으로 지각된 세계로부터 자기의 존재를 감지한다. 감성적으로 지각된 세계란 무엇인가. 작가가 지녔던 종래의 관념적 생각과 지식과 판단을 배제하고, 오롯이 감각 자극으로 느끼고 반응하여 내면화하는 것을 말한다. 이는 글감의 대상을 설명적 진술에 기댄 관념적 인식으로 해석하는 게 아니라, 대상과 주체의 상응(correspondence)으로 물화物化된 상상력을 펼치는 것이다. 말하자면 대상을 시각, 청각, 촉각, 미각, 후각 등으로 느끼어 아는 찰나, 감각 할 수 있는 실체와 '나'의 감성, 그 마음과 뜻이 서로 통하는 상응으로 인해 이미지가 불러일으켜지는 것을 일컫는다. '나'를 버려야 진정한 '나'를 찾는다. '나'의 선입견, 주관적 판단과 인식과 고착된 관념을 버려야, 비로소 '사물 그 자체'에 몰입한다. 물물의 세계, 그 감성적 아날로지로 내면의 풍경을 이루어내는 길목에 다음 글이 있다.

그것은 아름다운 봄꽃이 아니라 가장 못생긴 꽃이다. 바람이 불어올 때마다 코끝을 스치는 향기도 없이 노란 꽃가루만 시나브로 날려 보낸다. 한 송이 따서 자세히 보니 이제 막 깨어난 배추 애벌레처럼 징그러운 모습이다. 꽃 중에도 가장 못생긴 꽃을 바라보며 '사랑받지 못하는 꽃은 바로 너구나!' 싶었다.

이 세상에 생명으로 태어나서 사랑받지 못한다면 얼마나 슬픈 일인가.

―「오리나무꽃」 부분

위의 글은 자작나무과의 '오리나무'와 그 꽃을 글감으로 삼았다. 여느 나무와 다를 바 없지만 유독 눈에 드는 것이 꽃의 모양이다. 그 꽃은 "이제 막 깨어난 배추 애벌레"의 의물화된 꼴이었다가, "징그러운 모습"이라는 생리적 반응을 동반하는 흉한 감정이 되기도 한다. 그러나 이내 "가장 못생긴 꽃을 바라보며 사랑받지 못하는 꽃이 바로 너이구나"로 의인화되며, "이 세상에 생명으로 태어나 사랑받지 못한다면 얼마나 슬픈 일인가."라는 내면의 풍경으로 감지한다. 물질적 대상 '오리나무꽃'에 깃든 내면화된 슬픔의 감성이다.

아리스토텔레스의 영혼 개념은 "식물에게도 부여되며, 모든 살아있는 것은 영혼의 존재이다."(Aristoteles, De Anima. 유원기 역『영혼에 관하여』, 궁리, 2001, 35쪽) 아리스토텔레스에게 있어, 모든 살아있는 것이란 생물의 영혼과 신체를 말한다. 아울러 영혼을 가진 생물들의 능력을 영양 섭취 능력, 욕구 능력, 감각 능력, 장소 운동 능력, 사고능력의 다섯 가지로 분류하는 동시에, 장소 이동 능력 대신 희망 능력을 나열하기도 하였다. 희망 능력이란 식물이 꽃을 피우는 것, 열매를 맺어 씨앗을 품어내는 것을 일컫는다.

감각할 수 있는 실체로서 '오리나무꽃'이 작가의 감성 '슬프다'에 깃들어, 글감의 대상과 주체가 넘나드는 상응의 세계에 다음 글도 있다.

<1>
비는 감상적이며 우울하며 열정적이며 생명의 축복이다.

이 세상에 존재하는 식물, 동물, 모든 물체에 이르기까지 골고루 적셔준다. 그것은 하늘에서 떨어져 차갑게 피부에 와 닿는 신선한 감촉이다. (…) 사붓사붓 내리는 봄비는 부드럽게 마음을 적신다. 그런 봄비를 바라보면 꼭 헤어진 옛 연인이 돌아올 것만 같은 그리움이 가득 고이는 감미로움이 있다. 그래서 연인들은 봄비를 더 사랑하지 않을까. 우산 위로 톡 톡 또르르 내리는 비를 맞으며 팔짱을 끼고 걸어가는 모습을 볼 때 봄비는 사랑의 비가 된다. 가을비는 낭만이 있다. 노랗게 은행잎 깔린 거리를 우산 속에 다정히 또는 바쁘게 걸어가는 사람들을 보면 멋진 가을 풍경이 된다. 창밖에 표표히 지는 나뭇잎, 그 낙엽을 적시는 늦가을 비는 쓸쓸함과 우울과 허무를 안겨준다.

—「비」 부분

<2>

그렇다. 우리 삶이란 한 줄기 바람인 것을. 죽을 만큼 힘든 삶을 겪었던 사람도 나중에는 그건 한때의 바람이었다고 회상한다. 쓰리고 아프던 가슴에 조용한 미풍이 스며드는 것이다.

긴긴 인생을 살면서 저마다 남기는 생의 무늬가 수없이 많다. 부드러운 바람과 격정의 바람이 있는가 하면 삶을 송두리째 흔들어 놓는 바람도 있다. 일생 평온할 수만은 없을 것이다. 누구든 삶의 역경에 부딪혔을 때 바람을 생각하리라. 아픔을 잠재우는 것도, 분노를 삭이는 것도 한바탕 바람이 지나간 뒤에야 잠잠해진다.

—「바람의 길」 부분

　위의 글 <1>은 '비', <2>는 '바람'을 글감으로 삼았다. 비와 바람을 아날로지 하여 삶의 양태樣態로 빗댄 것은 참으로 엄청나다. 비와 바람이 존재하는 모양이나 형편이 삶의 현실과 닮았다. 위 <1>의 글에서 "비는 감상적이며 우울하며 열정적이며 생명의 축복"이라고 응축하여 말하였다. 비에 관한 많은 이들의 의식 혹은 마음속의 형상이라 할 수 있는 이른바 관념이다. 그러한 관념의 세계를 벗어나 감성의 세계로 이끄는 거멀못은 내면화(회감: erinnerung)이다. E. 슈타이거의 『시학의 근본 개념』에서 규정한 회감回感이란 주체와 객체의 넘나들기이며, 유협의 『문심조룡』에서 말하는 정경교융情景交融과 같다. 물상과 서정이 일체화되는 순간, 과거가 현재로 되살려지고, 미래가 현재화되는 빛나는 찰나가 영원성을 띠고 내면에 흐른다.

　"옛 연인이 돌아올 것만 같은" 봄비란 과거의 옛 연인이 먼 미래에도 오늘처럼 봄비의 형상으로 내면화되어 현현顯現할 것을 말한다. "쓸쓸함과 우울과 허무를 안겨주는" 늦가을 비는 만물의 조락凋落을 재촉하거나, 혹은 떨어진 나뭇잎에 비가 내려 조락의 허무를 빛나게 한다.

　마찬가지로 위의 글 <2>에서도 바람을 현상으로 읽어내었다.

171

바람은 "긴긴 인생을 살면서 저마다 남기는 생의 무늬"이다. 메를로 퐁티가 말하는바 우리의 몸을, 인간의 삶을 통과하는 주름들이 안과 밖의 이중성으로 표상되는 것과 같다. 현상학적으로 말하자면 의미가 드러나는 것인 동시에 의미가 발생하는 것이다. 그 속에 "부드러운 바람, 격정의 바람, 삶을 송두리째 흔들어 놓는 바람"을 본다. 바람은 참으로 "모든 것에 영향을 주는 세상일을 가리킨다."(『장자』)

물아일체의 감성이란 풀과 나무에 놀라고 하늘과 구름에 설레는 것인데, 신태순의 수필에서 물화된 상상력을 발휘하는 글들이 유별나다. 예컨대 "우체통은 언제나 기다림의 자세로 서 있다. 쓸쓸하고 외로워 보이지만 슬프지 않다. 필시 누군가 다가와서 눈을 찡긋하며 미소를 보내며 다정하게 편지를 넣어줄 것을 믿는다. 사모하는 사람을 위하여 사랑의 밀어를 가득 담아오길 기다릴지도 모른다."(「우체통」) 와 같다. 이러한 감성 수필의 으뜸은 「삼거리 고모」이다. 고모를 글감으로 삼은 수필의 첫머리에 물물의 세계를 제시한다.

사철 푸른 소나무나 혹은 어떤 나무이든 큰 나뭇가지 아래에는 잎도 꽃도 피우지 못하는 마른 삭정이가 붙어있다. 나무둥치에 붙어있으나 결코 살아있다고는 할 수 없는 죽은 나뭇가지이다. 벌써 오래전에 돌아가신 내게 한 분뿐인 고모를 생각할 때마다 이런 삭정이를 생각한다.

살아있는 나무에 붙어있는, 말라 죽은 가지인 삭정이의 존재는 살아있는 것인가, 혹은 죽은 것인가. 말라 죽은 게 틀림없는데, 죽었으면 삶에서 떨어져 나가야 마땅하다. 왜 살아있는 나무에 붙어, 살아있는 척 죽어있어야 하는가. 이는 객체나 사물로서 '삭정이'가 아니라, "경험하는 주체이자, 체험된 몸(le corps vecu)"으로서(Merleau-Ponty, M. 류의근 역, 『지각의 현상학』, 문학과지성사, 2002. 130쪽) '삭정이'이다.

　　　　경북 의성군 봉양면에서 나고 자라 안평면으로 시집와서 평생을 죄인처럼 살다 가신 고모였다. 꽃다운 나이에 혼인하였지만 끝내 자식이 없었다. (…) 결국 집안의 주선으로 논 몇 마지기에 이웃 마을에서 열여섯 살 처녀를 데려왔다고 한다. 그 이후 아이들이 줄줄이 태어난 것이다. 젊고 건강한 작은댁이 낳은 손주 같은 자식을 업고 있는 모습은 누가 봐도 시어머니와 며느리 같았다.
　　　　고모는 그렇게 몇 년을 더 사시다가 돌아가셨다.

삭정이의 존재가 고모의 몸꼴이었다. "슬하에 자식이 없"어, "젊고 건강한 작은댁이 낳은 손주 같은 자식을 업"고 평생을 살았다.

"한 점 혈육"도 없이 외로웠으며, 살아도 산 것이 아닌 천덕꾸러기 삶을 살았다. "한 나무에서 태어난 많은 가지와 어엿한 형제이건만 제구실 못 하였으니, 시난고난 앓다가 죽어버렸을까. 살아있는 어미의 몸에 붙어있으나, 살기를 포기한 생명이다."

지극히 애달픈 이야기지만 푸념과 넋두리로 추락하지 않았다. 이는 삼거리 "그 적막한 한낮의 풍경", "신작로 길을 버스가 달리면 뽀얀 먼지만 따라오던 그 여름날 산촌의 풍경"으로 서경화된 심상이 되었기 때문이다. 이른바 내 마음의 풍경이다.

감정을 절제하면 질박質朴한 감성을 낳는다. 꾸민 데가 없어 수수하여 독자들이 알게 모르게 자기도 그렇다고 함께 느끼는 세계. 슬픔으로 가득 찬 물이 잔물결을 이루며 넘칠 듯 자꾸 흔들리는데 결코 그 물을 쏟아내지 않는 찰랑거림에 신태순의 감성 수필이 있다.

3. 동심의 천진성

신태순 작가의 눈길이 향하는 곳을 함께 바라본다. 글감에 대한 이해, 존재와 의미의 탐구를 통한 세계에 대한 작가의 인식이다. "미셸 들라크루아의 미술 전시회에 가기 위해", "초봄 서울행 기차를 타"(「그리움을 위한, 미셸 들라크루아의 파리」)는 그였다. 다음은 그의 눈길에 잡힌 경이로움이다.

그가 그렸던 <첫걸음마> 역시 밀레의 그림을 그대로 모방
하였다. 소박한 초가집 담장에는 하얀 빨래가 햇빛을 받아 빛나
고 있으며 담장 옆 나무에도 하얀 꽃이 가득 피어있다. 비스듬히
열린 나무 대문에서 이제 막 엄마와 아기가 나와서 첫걸음마를
떼어 놓는다. 밭에서 일을 하다가 그런 자식을 바라보는 아버지
는 일하던 농기구를 던지고 두 팔 벌려 아기를 안으려 한다. 나
는 이 그림을 보면서 마음이 흐뭇하였다. 두 화가의 마음이 더없
이 따뜻하고 인간적으로 생각되었기 때문이다.

　　　　　　　　　　　　　　　　　　　　　　　　　－「첫걸음마」부분

　　고흐(Gogh, Vincent van)의 '첫걸음마'는 밀레(Millet, Jean-
Francois)의 그림을 모사한 것이다. "단순한 복제"가 아닌, "명암의
인상들은 그와는 다른 언어, 말하자면 색채의 언어로 옮긴"(「테오에
게 보낸 편지」) 것이다. 초록이 싱그럽게 타오르는 농가에 "하얀 빨
래, 하얀 꽃"이 빛난다. 어린 아가가 아빠를 향해 첫걸음을 내딛는
감흥의 색채가 가슴 벅차게 전해진다. 생의 첫걸음을 통하여 인생의
온갖 첫걸음을 글로 옮겼다. 첫걸음 떼는 작가의 마음을 따르다가,
유년 시절의 거울이 노년의 거울과 다를 바 없는 작가의 동심을 발
견하였다.

<1>

네다섯 살쯤의 유년 시절이었다. 방금 엄마가 방안에 거울을 세워둔 채 나간 뒤에 어린 내가 그 거울 앞에 앉았었다. 가만히 보니 어떤 아이가 나를 빤히 쳐다보는 게 아닌가. 놀라서 자꾸만 거울 뒤 한번 보고 다시 앞을 보았던 기억이 지금도 가끔 생각난다. 분명히 웬 아이가 앉아있는데 뒤를 보면 없으니 얼마나 신기했을까. 그 신비한 경험은 최초로 의문과 마주한 세계가 되었다.

<2>

오늘도 무심히 거울을 본다. 앞머리에 흰머리가 희끗하게 올라오는 걸 보며 머리카락을 쓸어 올린다. 푸석해진 얼굴을 들여다보니 너는 그동안 얼마나 잘 살아왔느냐고 묻는 것 같다. 시시때때로 변하는 굴곡 많은 삶을 가치 있게 성실히 최선을 다하였는지 묻고 있는 것 같다. 그러면 나는 고개를 저으며 그냥 빙그레 웃는다.

―「거울」 부분

위의 글 <1>은 '유년의 거울'이고, <2>는 '만년의 거울'이다. 유년의 거울은 자크 라캉이 말하는 "바라봄과 보여짐이 엇갈리는 가운데 상이 생기는 것"을 떠올리게 한다. "어린 내가 그 거울 앞에 앉았었다. 가만히 보니 어떤 아이가 나를 빤히 바라보는 게 아닌가 (……) 분명히 웬 아이가 앉아 있는데 뒤를 보면 없으니 얼마나 신기했을까." 거울 속에서 나를 바라보는 아이와 보여지는 나가 거울 밖에서 사라지는 체험의 세계란 미분화된 거울의 상상계에 깃든 때이다. "상상계라는 나르시시즘 속에서 벗어날 수 없기에 영원히 대상을 비스듬히 볼 뿐 정면으로는 볼 수 없다."(권택영, 「욕망에서 사랑으로」, 라깡과 현대정신분석학회 편, 『우리 시대의 욕망 읽기』, 문예출판사, 1999. 67쪽)

위의 글 <2>에서 "앞머리에 흰머리가 희끗하게 올라오는 걸 보며 머리카락을 쓸어 올린다. 푸석해진 얼굴"인데, 이는 거울 밖, 실재계의 헛헛함 그 나락에 빠져든 때문이다. 그런데 문득 "나는 고개를 저으며 그냥 빙그레 웃는다." 이는 고개를 가로저어 헛헛하게 늙어가는 것에 관한 부정이며, 어린 시절 거울을 보며 상상계의 환상에 젖어 들던 때와 크게 다름없이 '그냥' 그 상태 그대로 미분화된 상상계에 살겠다는 마음가짐을 표출한 것이다. 상징계에 의해 구조화되기 이전의 거울 단계는 유사 자아와 동일시 과정에 겪는 어린아이의 마음이다.

크게 소리 내어 실컷 울어본 것이 언제였던가. 어린 시절
영화관에서 단체로 영화를 보다가 부끄러움도 없이 엉엉 울었

던 기억이 있다. 울고 싶어서가 아니라 그냥 울다 보니 목이 쉬
도록 울었던 때도 있었다. 소설이라면 오래전에 읽었던 일본소
설 『오싱』을 읽으며 많이 울었던 것 같다. 왜 그렇게 많이 울었
는지 생각해 보니 겨우 일곱 살의 어린 '오싱'이 남의 집 더부살
이하면서 온갖 고생으로 고난을 헤쳐나가는 것이 나를 울렸다.
영화라면 수시로 울어서 헤아릴 수도 없다. 해피엔딩이면 기뻐
서 울고 안타깝게 끝나면 슬퍼서 또 울었다.

―「눈물」 부분

위의 글처럼 영화관에서 혹은 소설을 읽으며 "엉엉 울" 수 있는
것은 긍정적 투사로서 공감하기와 타인과의 동일시로서 '나' 안에
'그들'이 있다고 믿는 것으로부터 비롯된다. 따라서 "눈물은 인간의
가장 순수한 본능이다. 어린아이의 울음처럼 가식이 없다. 눈가를
적시는 맑은 눈물은 언제나 진실한 감정이 북받친다. (……) 영혼 깊
숙이 내면을 차고 오르는 부끄러움 없는 눈물이야말로 인간의 가장
고고한 영혼이 아닐까"(「눈물」)라고 한다. 이러한 동심이 성정의 바
탕을 이룬 까닭에 "아파트 울타리 안의 벚나무 가지들이 전기톱으
로 무참히 잘리고 있"는 정황을 안타까워하며 "제 몸 이곳저곳을 다
잘리고도 태연히 무심하게 서 있는 벚나무들을 올려다보며 가만히
손으로 쓰다듬어"(「나무」) 준다.

명나라 양명 좌파의 사상가로 이름을 떨친 탁오卓吾 이지李贄

는 "동심이라는 것은 거짓이 없고 순진했을 때 최초로 지니게 된 본심이다. 만약 동심을 잃게 되면 곧 진심을 잃게 될 것이며, 진심을 잃게 되면 곧 진정한 사람됨을 잃게 되는 것이다. (夫童心者 絶假純眞 最初一念之本心也 若失却童心 便失却眞心 失却眞心 便失却眞人. 一李贄, 「童心說」)"라고 하였다. 진정성이란 무엇인가. 꾸밈이나 거짓이 없어 수수하고, 생각이 복잡하지 않아 순진하고 어수룩한 자리에 깃든 것이다. 신태순의 수필이 그 자리를 지키고 있다.

4. 소소하지만, 작은 것이 빛나는 세계

신태순 작가가 하루 일을 마치고 책상에 앉는다. 책상 서랍에는 차마 버릴 수 없는, 버려서는 안 되는 이야기가 있다. 마음에 두었으나 끄집어낼 때를 기다린 이야기, 마음을 그려내고 마음을 전하고픈 이야기가 있다. 작고 대수롭지 않지만 소소炤炤하여, 세상에 꺼내놓는 밝고 환한 이야기가 있다. 이는 자기밖에 실재하는 타자 존재 혹은 사물과 내밀한 관계를 맺음으로써, 그로부터 다시 자기 안을 되돌아보는 반성의 회로이기도 하다.

우리 집에도 오래된 병풍이 있다. 앞면은 8폭 전체가 고목의 매화나무 둥치가 비스듬히 뻗어있고 옆에는 어린 홍매화 나무 한 그루 서 있다. 거칠고 성긴 가지에 백매화가 드문드문 핀 옆에는 홍매화의 붉은 색이 매혹적이다. 뒤틀린 늙은 나무를 일 필휘지로 그린 솜씨가 예사롭지 않다. 노란 꽃술이 소보록한 홍 매와 백매가 초봄의 들에서 방금 핀 듯 섬세한 암향이 하늘로 오를 듯하다. 갈색의 참새 두 마리는 짹짹거리며 날아오를 듯 눈 에 생기가 있다. 볼수록 여백의 미가 어울리는 그림에서 품위를 느낄 수 있다. 오랜 숙련이 쌓이지 않으면 결코 이런 그림이 될 수 없음을 안다. 작가의 치열한 예술정신을 보면서 세월 따라 적 당히 사는 나 자신을 돌아보게 한다.

—「병풍」 부분

위의 글감은 병풍이다. 대수롭지 않게 여길 병풍에 깃든 화가 의 열정을 옹골차고 야무지게 새기듯 보고 있다. 정성 들여 화폭 에 담긴 화풍과 물물의 본상(本相)을 글로 옮겼다. 무엇보다 "작가 의 치열한 예술정신을 보면서 세월 따라 적당히 사는 나 자신을 돌 아"본다.

김현은 수필 장르가 "단편적인 혹은 삽화적인 이야기들을 통해 서 세계에 대한 태도를 표명하기 때문에, 그것은 비체계적이고 반체 계적이다. 비체계적이고 반체계적이지만, 그 이야기들에는 진솔한 삶의 지혜가 담겨져 있다."(김현, 「소설은 왜 읽는가」, 『김현문학전집』 7 권, 문학과지성사, 219쪽)라고 하였다. 삶의 지혜가 담겨있음은 물론,

더 나아가 성찰과 반성으로까지 나아간다는 점에서 수필은 문학성을 갖는다.

감지感知와 체득體得은 문학성의 근간이다. 감지란 감성의 세계에서 사람과 세상을 느끼어, 사람살이의 이치와 세상의 현실적 존재를 알아차리는 주체적인 자세로부터 비롯된다. 체득이란 몸소 체험함으로써 스스로 생각과 감정을 변화시키는 것이다. 참되게 자기화하는 과정에서 자기반성과 자아 성찰에까지 나아간다. 위의 글에서 '병풍'을 바라보며 '지금 나는 잘 살고 있는가?', '나는 작가답게 살고 있는가'라고 묻는데, 이는 자기 치유의 슬기로움이다. 치유(治癒, Therapy)란 아프기 이전 상태보다 더 발전적인 변화와 성장, 지혜와 창의적인 인지 태도를 획득하는 뜻깊은 일이다.

감지와 체득의 도정道程에 의인화로 사물의 삶을 들여다보는 (seeing into the life of thing) 동시에, 체험된 몸으로서 자기 존재를 자각하는 다음 글이 빼어나다.

문득 산사에 가서 스님이 치는 목탁 소리에 귀를 기울이고 싶다. 동그란 목어는 수없이 등허리를 맞으며 불교의 진리를 위해 소리친다. 처마 밑에서 혼자 흔들리는 풍경소리도 듣고 싶다. 눈을 부릅뜬 물고기가 시나브로 산바람이 지나갈 때마다 댕그랑댕그랑 맑고 경쾌하게 적막을 깨우는 풍경소리를 들려주며 우울한 마음을 달래줄 것만 같다. 초여름 꽃들이 다투어 피

는 산자락 자드락길가에는 인동꽃 향기가 자욱하게 바람에 실
려 오리.

―「목어」부분

위의 글은 어떤 존재에 대해 '그 무엇'이라고 뚜렷이 밝힐 수
있는 본질을 통관洞貫하고 있음이 빼어나다. "동그란 목어는 수없
이 등허리를 맞으며 불교의 진리를 위해 소리친다." 이는 기계적이
고 피상적인 틀을 벗어나 사물이 직접 경험하거나 지각할 수 있는
구체적 인식에 도달한 것이다. 깨우침과 깨달음을 향한 목어의 성
性, 그 생명성을 알아차려 포착함으로써, 누구나 공감할 수 있는 세
계에 이르렀다. 목어가 가열하게 "수없이 등허리를 맞"듯이, '나' 역
시 그러한 세계에 들고 싶다. 그리하여 "초여름 꽃들이 다투어 피는
산자락 자드락길가에는 인동꽃 향기가 자욱하게 바람에 실려 오"
듯이 인고의 시간을 초월한 나의 삶에도 그러한 향기가 가득하기를
바란다.

5. 맺음말

신태순 작가는 중화中和의 성정性情을 타고난 듯하다. 인간과
세상을 바라봄에 감정이나 성격이 치우치지 않고, 지나치거나 불급

不及하여 섣부른 논변을 펼치는 법이 없다. "슬프되 상심하지 않는 애이불상哀而不傷"(『논어論語』, 「팔일八佾」 20장) 화和가 맑고 단정하다. 애써 기교를 부리지 않아 번잡하지 않고, 주관적 생각에 치우치거나 아는 척 위엄을 부리지 않아 너그럽게 읽힌다.

　빼어난 수필의 세계는 어디에 있는가. 명문의 빼어남보다 진실 앞에 마주하는 벅찬 감동, 잘난 척하기보다 덕성德性이 가득하여, 어질고 너그러운 글에 문학의 위의威儀가 있다. 거짓이 없는 참된 마음, 변하지 않는 천진무구天眞無垢 그 마음의 본체를 지니고, 영원히 소박하고 수수한 작가가 되기를 바란다. 세파에 쓸려 갖은 이해와 대립을 이야기하기보다, 생이 빛나는 오늘을 어린이처럼 이야기하는 작가이기를 희망한다.

안녕, 조이!

신태순 지음

발행처   도서출판 **청어**
발행인   이영철
영업   이동호
홍보   육재섭
기획   남기환
편집   이설빈
디자인   이수빈 | 김영은
제작이사   공병한
인쇄   두리터

등록   1999년 5월 3일
           (제321-3210002510019990000063호)

1판 1쇄 발행 2024년 10월 20일

주소   서울특별시 서초구 남부순환로 364길 8-15 동일빌딩 2층
대표전화   02-586-0477
팩시밀리   0303-0942-0478
홈페이지   www.chungeobook.com
E-mail   ppi20@hanmail.net

ISBN   979-11-6855-280-7 (03810)

이 책은 ▨ 경남문화예술진흥원의 문화예술지원을 보조받아
발간되었습니다.